LES INDÉCIS

ALEX DAUNEL

LES INDÉCIS

roman

l'Archipel

Collection « Instants suspendus »
dirigée par Virginie Fuertes

Notre catalogue est consultable à l'adresse suivante :
www.lisez.com/larchipel/45

Éditions de l'Archipel
92, avenue de France
75013 Paris

ISBN 978-2-8098-4224-1

À ma fille Sarah,
à mon père.

« Les morts, je ne les plains guère, et les envierais plutôt ; mais je plains bien fort les mourants. »

Michel de Montaigne, *Essais*

I

— Policier ? 1er étage au fond à droite.

— Romance ? 2e étage, 1re porte à gauche.

— Fantastique ? 3e étage. La porte en trompe-l'œil, sur la droite.

— Super-héros ? 2e étage. Au fond. Attention, il y a du monde.

Les indications provenaient d'un jeune homme qui portait fièrement son uniforme bleu pervenche. Au milieu du hall, agitant ses bras, képi vissé sur ses cheveux roux, il ressemblait à un policier en train de faire la circulation.

Il s'adressait à une foule dense mais disciplinée, chacun attendant de savoir où il devait se rendre.

— Et vous ? Le grand brun avec l'imperméable beige, vous êtes quoi ?

— Moi ?

— Oui, vous ! Dépêchez-vous ! Il y a du monde qui attend.

— Qui je suis ? Je suis...

— Je ne vous ai pas demandé qui vous étiez. Mais quoi. Quel genre littéraire ?

L'homme resta stoïque, comme s'il ne comprenait pas le sens de la question.

— Oh, non ! Par pitié, dites-moi que vous aimez les polars. Même les romans graphiques... Tout est permis.
— Il faut que je vous dise ce que j'aime lire ? Là, tout de suite... Mais c'est compliqué... Et puis ce que j'aimais ou ce que j'aime ?
— OK. C'est bon. J'ai compris. Les indécis, c'est au fond du couloir. Suivez les panneaux.

L'aspirant policier lui fit signe d'avancer. L'homme hésita.

— Pour les explications, vous verrez là-bas. Moi je n'ai pas le temps, s'écria-t-il exaspéré.

De dos, avec son imperméable et sa nuque bien dégagée, l'homme ressemblait à un acteur des années soixante. S'il avait porté un chapeau, on l'aurait pris pour Yves Montand ou Humphrey Bogart, jeune. Mais de face, il n'avait rien d'une star de cinéma. Il semblait embarrassé tant par sa taille que par son être.

Il longea le couloir blanc.

Le lieu ressemblait à s'y méprendre au collège Saint-Joseph où il avait été scolarisé : les murs jaunis, l'horloge en haut du grand escalier, le carrelage terni, le dédale de couloirs.

Il suivit le panneau « Indécis » et prit le couloir sur la droite.

Sans même lui demander son nom, une femme en blouse blanche pointa de l'index une porte. Il entra.

Il y avait un petit bureau en Formica et deux chaises de part et d'autre. La pièce grisâtre lui rappelait l'infirmerie de son collège. Mais avec sa minuscule fenêtre en hauteur située au fond, l'endroit s'apparentait plus à une salle d'interrogatoire.

Une femme, la bonne quarantaine, arriva souriante, une pochette à rabat à la main. Sa coupe au carré poivre et sel détonnait avec la fraîcheur de son allure.

L'homme recula. La tête lui tourna. Cela ne pouvait pas être elle.

— Assieds-toi, Max, entendit-il.

2

— Madame Schmidt ? C'est vous ?

— Oui, Max, c'est bien moi. Ravie de te voir, répondit-elle sans se départir de son sourire.

— Mais… mais… J'ai vu votre avis de décès dans la presse. C'était il y a plusieurs années déjà. Lionel m'en a même parlé. Un cancer, je crois.

— Tout à fait.

— Vous avez simulé votre mort ? Vous avez été témoin d'un crime et vous vivez désormais sous une autre identité, c'est cela ? Et moi aussi ?

Max sentait son cœur battre à vive allure. Ses yeux verts cherchaient un signe rassurant. Il n'y en avait aucun. Le lieu était glauque, et la situation incompréhensible. Il était terrifié comme un enfant se réveillant au milieu de la nuit, encore sous l'emprise de son cauchemar.

— Calme-toi, Max. Assieds-toi, s'il te plaît. Et enlève ton pardessus. Veux-tu boire quelque chose ?

Comme en troisième, où elle avait été sa professeure de français et professeure principale, Mme Schmidt parlait doucement, mais toujours d'un ton sans réplique.

Max s'exécuta. Il suspendit son imperméable à la patère derrière lui. Ses mains tremblaient. Il s'assit sur une chaise en bois, inconfortable, de l'autre côté du bureau.

— Je prendrais bien un café, s'il vous plaît, marmonna-t-il.

Mme Schmidt décrocha le téléphone sur le bureau et demanda un café et un thé Earl Grey. C'était un de ces vieux téléphones gris avec un cadran à disque rotatif. On pouvait entortiller le cordon autour des doigts.

Elle ouvrit sa pochette en faisant claquer les élastiques. Le bruit strident fit sursauter Max.

Il aperçut son nom en haut des notes qu'elle avait apportées.

La femme du couloir, celle en blouse blanche, arriva avec un plateau. Elle déposa sur le bureau une petite théière, une Thermos de café ainsi que deux tasses blanches et du sucre roux, le préféré de Max.

— Merci, Maryline. Voici Max.

— Enchantée, dit la femme en s'éloignant.

Max bredouilla un merci. Il versa du café dans sa tasse. Il en renversa un peu à côté. Mme Schmidt lui tendit une serviette en papier.

— Je ne comprends rien… Mon dernier souvenir, c'est… Non… C'est trop étrange.
— Rien n'est étrange, ici. Quel est ton dernier souvenir, Max ?
— Je me rappelle conduire sur l'autoroute. Il pleuvait. J'ai entendu des pneus crisser. Puis des sirènes.

Un frisson lui parcourut le dos. Il se réchauffa les mains sur sa tasse d'où s'échappait de la fumée.

— Il y avait le froid du bloc opératoire. Et la soif. Les lumières aveuglantes. Et après, plus rien… Après, je faisais la queue ici.

Max était au bord des larmes. Il avait honte de se sentir si mal. Il entendait son père s'agacer : « Tu ne vas pas chouiner comme une gonzesse ! »

Max n'avait pas été un enfant maltraité. Son père souhaitait seulement faire de lui un homme responsable. C'était sa manière de lui montrer qu'il l'aimait. Et là, maintenant, dans ce lieu glacial, Max aurait souhaité être cet homme fort, impassible.

Mme Schmidt posa ses mains jointes sur sa bouche.
— Max, il faut que tu m'écoutes sans m'interrompre. D'accord ?

Max acquiesça.

— Tu as raison, Max. Je suis morte. Pour de vrai.

— Mais…

— Non, tu t'es engagé à m'écouter, Max. Je répondrai à toutes tes questions ensuite. C'est promis.

Max se demandait si elle avait perdu la tête. Ce qui le gênait, c'est que physiquement, elle était exactement comme dans son souvenir qui datait d'au moins vingt ans. Une belle femme au corps athlétique de quarante ans. Peut-être cinquante. Et toujours cette couleur de cheveux de vieille dame qui ne la rendait que plus mystérieuse. À l'époque, ses cheveux étaient plus longs. C'était la seule différence qui lui venait à l'esprit.

— Je suis morte comme tous les gens ici, reprit-elle. Un cancer, en effet. Même plusieurs.

Max ne put réprimer un rire étouffé.

— Ici, les âmes sont en transit… Elles doivent trouver un personnage de roman dans lequel elles se réincarneront, leur permettant de vivre pour toujours.

Cette fois, Max éclata de rire.

— Se réincarner en personnage de roman, c'est très drôle. C'est une blague pour mon anniversaire ? Je vais avoir trente-trois ans. Vous le savez, c'est ça ?

— Ne t'inquiète pas. On a l'habitude. C'est le problème des morts violentes. Les gens ne sont pas prêts. Mais ça va aller.

Max se redressa sur sa chaise en bois.

— Comment ça, une mort violente ? Vous parlez de qui ?

— De toi. De ton accident de voiture. Tu es décédé quelques heures après l'opération. Les médecins ont vraiment fait ce qu'ils pouvaient. Le carambolage sur l'A1 a été l'un des plus meurtriers que la France ait connu. 28 morts, 160 blessés. Ça explique aussi la cohue à l'entrée... dans le hall. D'habitude, c'est plus calme.

La mâchoire de Max se raidit. Son corps vacilla légèrement. Mme Schmidt l'avait mis KO.

— Et Julie ?

Max avait demandé des nouvelles de sa petite amie par réflexe.

— Elle va bien, sans doute. Tu étais seul au volant.

Max était incapable de parler, de bouger, ni même de penser. Elle délirait. Ou lui peut-être. Il l'entendait comme si elle s'adressait à lui depuis une autre dimension. Pourtant, elle se tenait bien là, devant lui.

Elle se tut. Puis le timbre clair de sa voix envahit à nouveau la pièce.

— La bonne surprise, c'est que mourir ne veut pas dire disparaître. Tu seras là pour elle et pour tous ceux qui t'aiment, et même d'autres, mais différemment...

Max ferma les yeux. Il se massa le front du bout des doigts, entre les sourcils. Un réflexe quand il était épuisé et qu'il devait se concentrer.

Quand il rouvrit les yeux, elle se tenait debout devant le bureau, les mains posées derrière elle.

— La première étape, c'est de choisir ton genre, dit-elle comme une évidence.

3

— Quel genre ? répondit Max.

— Ton genre littéraire. Tu n'as que l'embarras du choix. Les romans policiers, d'aventure, historiques, la science-fiction, ou autres... Depuis peu, on a même intégré les romans graphiques.

— Les romans graphiques ?

— La bande dessinée, si tu préfères.

— C'est de la littérature ?

— C'est au carrefour du dessin et du texte. Vu le nombre de lecteurs, en constante augmentation, on a bien fait de les accepter.

Max restait impassible. Pour lui, la littérature correspondait aux lectures imposées à l'école. Un festival de récits poussiéreux, de textes nébuleux, et de langage arrogant.

— Puis il te faudra attendre, précisa Mme Schmidt.

— Attendre quoi ?

— Qu'un écrivain te choisisse. Tu dois l'inspirer. À toi de lui donner envie d'écrire sur toi, de te coucher sur le papier.

Max n'y comprenait rien.

— L'inspirer ? Comme inspirer, expirer ?

Comme en troisième, il avait prononcé à haute voix ce qui lui avait traversé l'esprit. Un très mauvais réflexe qui perdurait à l'âge adulte. Il passait parfois pour le simplet de service, et ça l'agaçait.

— Inspirer comme donner le souffle créateur... Pas comme faire entrer de l'air dans tes poumons... Fais un effort, Max ! L'auteur doit s'inspirer de toi. De ton essence. Il ne va pas forcément choisir un personnage qui te ressemble physiquement ou qui exerce la même profession, je te rassure.

— Rien ne me rassure !

Elle continuait de sourire et de dérouler ses explications sans s'inquiéter de Max qui s'était levé et faisait les cent pas dans la pièce.

— Les plus chanceux sont ensuite adaptés en film ou en série. Harry Potter, Hamlet, Hercule Poirot, Alice...

— Alice ? répéta-t-il.

— Au pays des merveilles ! Ils viennent tous de chez nous. Après, il y a aussi les personnages secondaires. C'est comme dans la vie. Tout le monde ne peut pas être une célébrité. Mais certains s'en sortent très bien. Watson avec Sherlock Holmes, le capitaine Hastings avec Hercule Poirot...

— Et il y a de la place pour tout le monde ? demanda-t-il, non sans ironie.

— C'est là que ça se complique. Les gens lisent de moins en moins. Mais il y a de plus en plus d'écrivains. Donc tu peux te retrouver capturé sur une page blanche parce que tu as inspiré l'auteur, mais sans être jamais publié. Le pire, c'est quand il laisse le texte inachevé au fond d'un tiroir.

— Et c'est grave ?

— Vivre dans un seul chapitre pour l'éternité, ça peut vite être ennuyeux. Enfin, c'est une question de personnalité.

— Et ceux qui n'inspirent personne ?

— Tout le monde finit quelque part. Il y a plus d'auteurs, d'histoires et de personnages que tous les morts réunis. Mais cela peut prendre un peu de temps. Et c'est comme dans toute salle d'attente, tu as vite fait le tour. C'est pour cela que ton intérêt, c'est d'être dans la bonne catégorie, celle dans laquelle tu te sens à ton aise afin qu'un auteur te remarque le plus vite possible et que tu reposes dans un récit qui te convienne.

Mme Schmidt semblait sérieuse et plutôt cohérente. Il se mettait lui-même à y croire et c'est ce qui l'inquiétait le plus. Tout à coup, en la regardant, il eut un flash. Si tout cela était vrai, que faisait-elle là ?

— Et vous, vous n'êtes pas dans un roman ? dit-il fier de sa question.

— Moi, j'ai un statut différent. Je suis guide. Il faut bien des gens pour gérer les morts, en particulier les indécis comme toi.

Comme en troisième, elle avait réponse à tout.

— Les indécis comme moi ? répéta Max avec un air de défiance.

— C'est comme cela que l'on vous appelle... Ne t'inquiète pas. C'est fréquent. Un indécis pour dix nouveaux arrivants, d'après nos dernières statistiques...

— Vous tenez des statistiques ?

— Comme n'importe quelle organisation, on suit ce qu'il se passe chez nous.

— Et l'auteur s'inspire de notre vie. Comme s'il faisait notre biographie, c'est ça ?

— Ça peut, mais c'est assez rare. Sinon, on s'ennuierait ferme, et on pourrait dire adieu à la science-fiction, ou au fantastique, s'amusa-t-elle.

Max n'esquissa même pas un sourire. Il n'était pas d'humeur.

— Déjà pour inspirer une histoire, il faut que le style nous ressemble, précisa Mme Schmidt. Soit parce qu'il s'agit d'un genre que l'on aime lire, le cas le plus simple, soit parce que ce style résonne en nous.

— C'est quoi un style qui *résonne* en nous ?

— C'est un style qui parle à ton âme... Je sais, c'est un peu obscur quand on arrive... Faisons simple ! Tu imagines Petit Ours Brun dans un roman policier ? Ou un Martien dans une comédie de mœurs ?

— Je n'imagine plus rien.

— Ne t'inquiète pas. C'est mon rôle de t'aider. Dans l'immédiat, je te propose que l'on fasse le point sur tes lectures.

4

Max ne voulait pas être aidé. Il voulait rentrer chez lui, même s'il n'était pas sûr de ce que cela signifiait.

Depuis deux ans, il vivait à Paris avec Julie.

Julie était dentiste, mais elle n'avait aucune des caractéristiques qu'il prêtait à ses consœurs. Ses traits fins, sa voix douce et posée, ses yeux marron en amande et ses cheveux blonds mi-longs la rendaient féminine sans être guindée.

Ils avaient emménagé ensemble dans un grand deux-pièces, place de la Nation à Paris.

Max revoyait cet appartement qui était à l'image de son couple. Pratique.

Il avait rapporté quelques meubles de son ancien studio : un fauteuil au tissu élimé mais au confort éprouvé, un meuble télé en pin sous lequel il pouvait ranger sa chaîne hi-fi, et une table en chêne, ronde et pliable qui lui venait de son arrière-grand-mère.

Tout le reste appartenait à Julie qui n'en tirait aucune joie. Elle ne supportait plus le vieux canapé clic-clac qui la suivait depuis sa première année de dentaire et la bibliothèque Billy d'Ikea qui trônait chez tous les étudiants.

Elle considérait cet appartement comme un nouveau départ, celui de l'âge adulte, de la vie de couple, celui où on a le temps et les moyens de le décorer. Pour Max, il s'agissait plus d'une opportunité. Le propriétaire de son studio lui avait notifié son congé. Il le vendait, et Max n'avait ni les moyens, ni l'envie de le racheter. Au même moment, le cousin de Julie quittait son deux-pièces à Nation pour s'installer dans un pavillon à Montrouge. Il les avait présentés au propriétaire comme un jeune couple stable. L'affaire s'était conclue dans les jours suivants.

Le loyer était compétitif, et c'était idéalement situé pour eux deux. Julie ne se trouvait qu'à quelques stations de métro de son cabinet. Et Max pouvait aussi bien se rendre à son travail en voiture, en banlieue, ou prendre le RER pour rejoindre l'aéroport de Roissy ou celui d'Orly.

Dès leur emménagement, Julie avait collectionné les magazines de décoration. Max retrouvait dans les toilettes des pages arrachées de salons et chambres à coucher, mais aussi de cuisines *high-tech* et de salles de bains luxueuses dont les baies vitrées s'ouvraient sur des plages sauvages. Il se demandait ce qu'elle pouvait bien imaginer alors qu'il vivait dans cinquante mètres carrés.

Un samedi matin, alors que Max prenait un café debout dans la cuisine en lisant la presse du week-end, elle lui tendit une photo d'un salon au plafond cathédrale dans lequel trônait un majestueux canapé d'angle en velours bleu canard.

— J'adore ! C'est tout nous ! s'était-elle enthousiasmée. Tu aimes ?

Max jeta un œil distrait.

— Oui. C'est joli... On a la place pour le repose-pied du canapé, si c'est le sens de ta remarque, avait-il répondu tout en continuant sa lecture.

— Je parlais de l'ambiance, avait-elle murmuré.

— Ah oui ! C'est sympa... s'était repris Max.

En voyant sa mine dépitée, il avait posé son journal pour l'écouter.

— J'ai toujours rêvé que le jour où j'habiterais avec mon amoureux, on aurait un chez-nous qui nous ressemblerait en tant que couple, dit-elle en passant la main derrière sa nuque.

Max se demandait quel était le lien entre leur couple et la photographie d'un intérieur qu'ils ne pouvaient pas reproduire, au regard de la taille de leur « chez-nous ». Chez ses parents, l'accoudoir du fauteuil du salon était cassé depuis que son père était tombé dessus en voulant réparer la télévision. Et son père l'utilisait encore, rafistolé avec du ruban adhésif.

Il s'abstint de le lui faire remarquer. Il se contenta de hocher la tête et d'articuler un « bien sûr ».

— Fantastique ! s'était-elle exclamée, en l'embrassant dans le cou. On pourrait aller faire le tour des boutiques... ensemble ? Je sais que ce n'est pas ce que tu préfères. Mais cela me ferait tellement plaisir.

Max sentit qu'il n'avait pas vraiment le choix. Toute opposition de sa part aurait entraîné à la prochaine demande une discussion pénible sur son manque d'entrain, sur les efforts nécessaires pour réussir leur couple. Il lui était plus simple d'accepter.

Ils passèrent plusieurs samedis à arpenter les allées de grandes enseignes d'ameublement, mais aussi d'autres boutiques de décoration aux quatre coins de Paris. Ils s'aventurèrent également aux Puces. Mais Julie hésitait toujours sur la teinte à donner à leur nid douillet. Opteraient-ils pour une déco design, ou années soixante-dix, bohème ou minimaliste ? Faute de parti pris, il leur était difficile de dénicher la pièce rare.

Ils rentraient donc les mains vides de leurs virées. Enfin, pas tout à fait. Julie collectionnait les catalogues et les cartes de visite sur lesquelles étaient annotées des références obscures de canapés, d'étagères et de consoles avec ou sans tiroir.

Le prix était un frein qui aurait pu être levé, s'ils avaient réussi à choisir. Mais ils devaient bien se rendre à l'évidence : le canapé d'angle ne rentrerait jamais dans leur salon, celui des années vingt trouvé aux Puces était joli mais inconfortable (et à cela Max ne pouvait s'y résoudre), et on risquait de se lasser du deux places capitonné violet, digne d'un cabaret du début du XXᵉ siècle.

Au bout de deux mois de recherches infructueuses, Julie admit que le canapé clic-clac, encore confortable, permettait de recevoir du monde à dormir si besoin. En attendant d'avoir décidé le style du salon et les couleurs, ils cacheraient sa housse matelassée aux motifs géométriques bleu et orange par un grand drap blanc qui avait le mérite de se marier avec tout. Ils y ajouteraient des coussins qu'ils changeraient régulièrement, au gré des saisons, ce qu'ils ne firent jamais.

Deux ans plus tard, ils en étaient toujours au même point. Enfin presque. Car depuis quelques mois, Julie était revenue sur le sujet de l'appartement, plus précisément de sa taille. Ils avaient besoin d'une pièce en plus, qui selon elle servirait de bureau, et par la suite de chambre d'enfants.

Elle avait ajouté à son argumentaire une théorie qui lui semblait irréfutable. S'ils n'étaient jamais parvenus à décorer convenablement leur lieu de vie, c'était bien parce qu'ils n'avaient pas réussi à se projeter. Et se projeter à leur âge, c'était fonder une famille. Une évidence pour elle. Un peu moins pour Max.

Un client de Julie, agent immobilier, lui avait parlé d'un trois pièces à acheter du côté des Buttes-Chaumont. Une exclusivité qui n'était pas encore sur le marché. Une affaire. Il fallait tout refaire.

Max n'avait pas envie de déménager, de faire du tri, de ranger sa vie dans des cartons. Et il doutait de leur capacité à réaliser des travaux, à choisir entre la moquette et le parquet, entre une douche et une baignoire. Et puis acheter, c'était plus que se projeter, c'était s'engager. Avec ce lieu. Et avec elle.

Il l'aimait. Enfin, il le croyait. Il était bien avec elle. Mais de là à se dire que jusqu'à la fin de sa vie, ils allaient vivre ensemble, c'était un cap qu'il ne se sentait pas prêt à franchir.

Julie avait insisté, alternant les arguments.

— Cette place de la Nation est si triste… si minérale ! Tu n'en as pas marre de tout ce béton ?

Il n'avait rien contre le béton qui avait démontré sa durabilité. De toute façon, c'était exagéré, il y avait quelques arbres dans leur rue.

— On a le bois de Vincennes à côté, avait répondu Max.

— Tu parles du bois où on a été se promener une fois… en deux ans ! Là, ce serait sous nos fenêtres.

— Bonjour les nuisances ! Entre les gamins qui hurlent la journée et les fêtards la nuit, on peut dire adieu à la tranquillité.

— Pour les enfants, un parc en bas de chez soi, c'est le paradis, avait décoché Julie comme si elle jouait sa dernière carte.

— Ça tombe bien : on n'en a pas ! lui avait-il répondu du tac au tac.

— Pas encore..., avait-elle murmuré.

Avec son travail, Max n'avait pas le temps d'avoir une famille, d'aller aux fêtes de l'école, de vérifier les devoirs.

En fait, il n'avait le temps de rien. Ni d'avoir des enfants, ni d'avoir des amis. Encore moins de lire.

Le roman, la fiction, c'était pour ceux qui n'avaient pas un vrai travail comme le sien.

5

Max travaillait dans un grand groupe minier. Il n'allait pas dans les mines avec sa pioche, comme son grand-père maternel. Max, lui, était ingénieur. Il était en charge de vérifier la sécurité des mines.

Dans le monde de Max, on ne parlait pas charbon comme les gens l'imaginaient, mais de nickel, de manganèse, de titane, de platine, de cobalt.

Tous ces minerais étaient essentiels à la métallurgie et derrière aux secteurs de la défense, de l'énergie, de l'aéronautique, des télécoms, du bâtiment. Et Max pouvait se vanter que son métier lui permette d'avoir un rôle dans la vie de la majorité des habitants de notre planète.

C'était ce qui lui avait tout de suite plu. Max n'avait pas lésiné sur les efforts pour en arriver là où il était.

Quand Max était au lycée, son professeur de physique-chimie avait convoqué ses parents. Il voulait attirer leur attention sur le fait que leur fils avait du potentiel et que cela serait du gâchis s'il ne suivait pas la « voie royale », ce qui se traduisait par une « grande école ». Son père avait simplement répondu : « Les études, c'est un truc de fainéant. »

Le père de Max était entré à quatorze ans en apprentissage chez le vieux Mollard, un peintre en bâtiment. Même s'il était très doué en calcul mental, il ne lui était jamais venu à l'esprit d'aller au lycée.

De toute façon, la question ne s'était jamais posée. À son époque, dans son quartier, il n'y avait que ceux du « château », les de Brière, qui étaient destinés à passer le baccalauréat. Lui, il avait son certificat d'études en poche, et c'était bien suffisant.

Mais les temps avaient changé. Faire des études était devenu la norme. Ce qui le dépassait. Les « fils de », ceux qui allaient à la faculté, avaient le cerveau ramolli. Il y en avait qui, à vingt-cinq ans, n'avaient toujours pas fini. Pire, certains étaient même aux Assédic.

Vivre aux crochets de la société comme de ses parents, tout cela était inenvisageable.

Le scepticisme de son père n'empêcha pas Max de passer son bac et d'obtenir une mention Bien qui avait fait pleurer sa mère de joie. Puis, il avait intégré maths sup, s'était hissé en maths spé et avait passé les concours des grandes écoles. Il avait cru mourir. Il avait pourtant survécu et avait fini en école d'ingénieur.

La suite était tout aussi classique pour ceux qui en connaissent les codes.

Il avait répondu à une offre de stage pour intégrer un acteur clé dans l'extraction de métaux et l'élaboration d'alliages comme ingénieur-chimiste.

Son dévouement et sa polyvalence lui avaient valu de gravir rapidement les échelons en même temps que son chef.

Max était apprécié pour son bon sens et sa rigueur.

Il s'était petit à petit spécialisé sur les questions de sécurité. Il avait élargi son périmètre en intégrant toutes les formes de sécurité afin que l'exploitation des mines ne vire pas à l'exploitation des êtres humains et que la santé des travailleurs et celle des habitants aux alentours soit préservée.

Ce poste l'amenait à voyager dans le monde entier et particulièrement en Afrique.

Max maîtrisait l'art subtil de voyager léger.

Il était, ce que l'on pouvait appeler, un professionnel des long-courriers, ces vols de plus de sept heures. Dans sa valise cabine à roulettes, il disposait dans une pochette aisément accessible une paire de chaussettes en laine, des boules Quies et un masque pour les yeux. Il avait appris à son corps à se reposer quand il le pouvait. Max était un homme organisé, prudent et très prévisible, ce qui s'apparentait, dans son travail, à de grandes qualités.

Pour rejoindre les exploitations minières, il empruntait des routes délaissées du commun des mortels, escorté par des gardes armés payés pour assurer la sécurité des Occidentaux. C'était la règle et il l'acceptait, même s'il n'avait jamais eu peur pour sa vie.

D'autres que lui auraient pris le temps de visiter ces contrées lointaines. Mais Max n'avait pas ce genre de vocation. Il remplissait sa mission et rentrait à Paris, pour repartir la semaine suivante et dormir de nouveau dans un hôtel d'affaires aux chambres propres et impersonnelles.

Alors, son appartement, sa décoration, tout cela, il s'en sentait étranger.

Il entendit :

— Max ? Max ?

C'était Mme Schmidt.

— Il faut te concentrer. J'ai oublié de te le préciser. Tu as vingt-quatre heures pour choisir.

6

— Vingt-quatre heures pour choisir... Le temps, ça existe ici ?

— Pour toi, non. Mais pour nous, oui.

Max fronça les sourcils. Ce lieu n'était pas ami avec la physique.

— La nuit, quand tu es vivant, que tu dors et que tu rêves, reprit Mme Schmidt, tu perds la notion du temps mais pourtant celui-ci existe bel et bien, je me trompe ?

Max hocha la tête. Il n'avait pas envie de se lancer dans une discussion qui le fatiguait déjà.

— OK... vingt-quatre heures... Et après, je me transforme en citrouille ?

Mme Schmidt ne répondit pas immédiatement. Elle le scrutait, le doigt posé sur sa bouche.

Max était tout ouïe. Elle se mit à caresser le bas de son visage avec un petit sourire qui n'inspirait pas confiance à Max.

Le nouvel arrivant commença à s'agiter. Ses mains devinrent moites.

— Après... je meurs ? bégaya-t-il.

— Tu es déjà mort.

— Je veux dire : mourir pour de vrai. Sans perspective de réincarnation.

— Presque...

— C'est-à-dire ?

— C'est-à-dire que le service du tri t'assignera un genre.

— M'assigner un genre ?

— Oui, ils te mettront là où il y a de la place. Parfois, c'est judicieux. Parfois non.

— Et il y a de la place où ?

— En poésie, par exemple. Cela peut être magnifique pour ceux qui aiment. Mais on a moins d'auteurs qu'au XVIIe siècle. Sans parler des éditeurs qui ont déserté. Les plus chanceux se retrouvent affichés dans le métro.

Max posa son coude sur le bureau. Sa tête était trop lourde. Elle tomba dans sa main. Mme Schmidt en face demeurait impassible, son carré parfaitement agencé.

Il n'osa lui avouer qu'il ne se souvenait plus du dernier livre qu'il avait lu. Même les guides touristiques, il ne les feuilletait plus. C'était Julie qui avait organisé leurs vacances en Thaïlande. De toute façon, lui, il n'était pas doué pour choisir. Elle non plus, mais comme elle voulait partir, « changer d'air », elle se dévouait. Elle passait des heures à éplucher les brochures, à chercher l'endroit idéal, à demander l'avis de tout le monde.

— Je sais d'expérience, Max, que les indécis le sont souvent parce qu'ils ont du mal à se remémorer leur passé littéraire. Parfois, ils sont même capables de dire qu'ils ne se souviennent plus de leur dernier roman. Tu imagines ?

Son regard pétillant inquiéta Max. Les morts pouvaient-ils lire dans les pensées des autres morts ? Si tel était le cas, pourquoi n'arrivait-il pas à lire celles de Mme Schmidt ?

— Je te propose, Max, que l'on commence par le début plutôt que par la fin. En es-tu d'accord ?

Max fit une moue accompagnée d'un petit haussement d'épaules.

— Le début ?
— Ton premier livre plutôt que le dernier...

Elle souffla longuement. Max sentait l'exaspération de la maîtresse pointer le bout de son nez.

— Donc... Max, quel est ton premier souvenir de lecture ?

Max gonfla ses joues comme un enfant de trois ans et émit un bruit qui semblait dire : « Aucune idée ».

— Peut-être tes parents t'ont-ils raconté des histoires ? Des légendes ? Des contes ? demanda Mme Schmidt.

— Je ne sais pas. J'ai oublié.

— Il va falloir faire des efforts, Max. Jusqu'ici, je ne voulais pas te faire peur. Mais tu peux également terminer en farce.

— En farce... et attrape ? plaisanta-t-il.

— La farce ! Le genre littéraire. C'était au programme de troisième, pourtant !

Mme Schmidt venait de renvoyer Max à sa place. Celle du quatrième rang à gauche. Du côté de la fenêtre. Et elle, à la sienne, sur l'estrade devant le grand tableau noir. Il essayait de l'écouter, mais il y avait toujours un oiseau, un nuage ou Lionel pour le distraire.

7

Max pouvait revoir cette classe dans laquelle Mme Schmidt officiait, dans le moindre détail.

De sa place, il ne distinguait pas toujours bien le tableau. Mais il pouvait contempler Mme Schmidt sans qu'elle le remarque. Elle était son plus beau souvenir de collège. Ses traits fins, sa veste ajustée, sa chemise en soie légèrement entrouverte d'où il apercevait la naissance de ses seins. Pour un gamin de quatorze ans, le spectacle était des plus fascinants. Le soir, dans son lit, il fermait les yeux et il sentait son parfum épicé mêlé à la craie.

L'élégance de Mme Schmidt était sublimée par sa passion pour la langue française. Cette femme vivait sa matière. Plus que tout elle savait les passionner. Mme Schmidt insufflait à la grammaire, à la conjugaison, une vitalité inespérée. Elle faisait dialoguer la littérature avec la peinture, la musique, le cinéma. Elle était la cheffe de leur orchestre : celle qui transmet sa vision de l'œuvre tout en respectant la partition imposée.

Un jour, elle avait apporté un lecteur de cassettes. Elle l'avait posé sur son bureau sans rien dire. Vingt-cinq paires d'yeux l'interrogeaient. Elle avait inséré une cassette, appuyé sur « Play ». Et la voix de Jacques Brel avait retenti dans la classe.

Ma mère, voici le temps venu
D'aller prier pour mon salut
Mathilde est revenue [...]

« Voilà ce qu'est la passion », avait-elle clamé comme un pirate à l'abordage avant d'ajouter : « Ressentez le pouvoir des mots. Brel, c'est la poésie mise en musique. »

Les vingt-cinq collégiens étaient ressortis du cours, tremblotants.

Dans son collège de garçons, la seule professeure femme attirait déjà l'attention de tous, élèves prépubères ou professeurs frustrés. Mais ce jour-là, elle avait atteint le Graal. Elle leur avait permis d'associer leur désir physique, assez mécanique, à une excitation intellectuelle inédite.

Mme Schmidt l'arracha à ses pensées.
— Max, la farce, ça te dit quelque chose ?

Non, la farce ne lui évoquait rien.

— C'est une comédie courte en vers apparue à la fin du XIVe siècle. Autant te dire que plus aucun auteur ne l'utilise... Il n'y a que de vieilles profs comme moi pour s'y attacher, pouffa-t-elle de rire.

La farce, visiblement, était un sujet qu'il était difficile de prendre au sérieux, même par elle.

— Ici, ils cherchent de bonnes âmes pour remplir les trous..., dit-elle en gigotant son index vers son ancien élève. Donc attention, mon cher Max... Vu ton intérêt pour les genres sophistiqués, l'attente pourrait être longue pour toi.

Max inspira longuement et doucement. Il ferma les yeux. Il était temps de se concentrer. Son premier souvenir de lecture, où pouvait-il se trouver ? Il fallait revenir à son enfance, dans les années soixante-dix.

8

Tout d'abord, il se remémora sa chambre d'enfant. Il y avait ce papier peint avec les losanges orange, de la même couleur que la table en Formica de la cuisine, ou la lampe sur la commode de l'entrée.

À l'époque, l'orange se partageait la vedette avec le jaune et le marron.

Son petit lit en bois avait appartenu à sa mère. Sa grand-mère avait réalisé le couvre-lit en crochet. Il aimait passer ses doigts à travers les mailles. L'oreiller de Max avait pris la forme d'un énorme chien rouge en peluche que son oncle lui avait offert à la fête foraine. Sa mère clamait que ce n'était pas hygiénique, mais lui, il s'en fichait. Et son père le soutenait : « On ne va pas en faire une mauviette. S'il ne peut pas combattre les microbes, comment luttera-t-il contre les cons ? »

Et son père, des cons, il en côtoyait toute la journée quand il allait repeindre leur maison. Ceux qui trouvent le vert foncé trop foncé, et l'ivoire pas assez blanc. Ceux qui se navraient que cela sente la peinture après son passage. « Dans ce monde, il y a les faibles, et il y a les forts. Ceux qui te disent le contraire te mentent. » C'est ce qu'il disait à Max quand il était là. Et c'était rare.

Les yeux fermés, Max effectuait virtuellement le tour de sa chambre, comme un réalisateur en plein tournage. Son landau en rotin lui servait pour tout : transporter son train électrique, cacher ses billes, promener Vanille, leur petit chat tigré. Par terre, à côté de son coffre à jouets, il apercevait un livre. Il dut mentalement zoomer pour en lire le titre.

— *Max et les Maximonstres* ! s'écria-t-il.

Mme Schmidt sursauta. Il la soupçonnait de s'être assoupie. Elle n'était peut-être pas aussi jeune qu'elle en avait l'air.

— Parfait ! Très bon choix. Tu t'en souviens ?
— C'est l'histoire de Max. Comme je m'appelle Max…
Mme Schmidt sourit.
— L'identification au personnage, c'est primordial. Avoir le même prénom, ça aide. Mais c'est aussi la personnalité, le type d'aventure auquel il est confronté. Tu te rappelles de ce qui est arrivé à Max et aux Maximonstres ?
— Vaguement. Max est envoyé dans sa chambre sans dîner parce qu'il a fait une bêtise. Il se retrouve dans la jungle avec les Maximonstres. Il fait la fête avec eux.

Mais sa maison lui manque. Quand il revient, il trouve un repas encore chaud qui l'attend.

— Qu'est-ce que tu ressens en y pensant ?

— Je revois les couleurs du livre. Et la colère de Max... Et l'amour de sa maman. Elle lui prépare à manger même s'il est puni...

— La punition n'empêche pas la maman de l'aimer, de s'occuper de son enfant. C'est une belle morale, admit-elle avec un petit rictus.

— Sûrement. Petit, je voyais les choses autrement... J'avais envie de donner mon petit frère aux Maximonstres et de garder ma maman pour moi tout seul.

Max venait de parler comme un garçon de cinq ans. Il ne semblait pas s'en être rendu compte. Cela était fréquent chez les nouveaux arrivants qui revivaient leur expérience littéraire en y incorporant leur sensation de l'époque.

— Parfait ! La rivalité entre frères, ça te parle, on dirait.

Max avait trois ans quand son frère, Benjamin, était né. Il se souvenait très bien s'être demandé si ce bébé débarqué de la clinique était vraiment humain. Seuls les monstres de la pire espèce pouvaient hurler aussi fort, de nuit comme de jour.

Ben prenait tellement de place qu'il n'en restait plus pour Max. C'était vrai pour sa chambre qu'il avait dû partager, mais aussi pour la table de cuisine sur laquelle Ben s'étalait pour gribouiller pendant que Max faisait ses devoirs.

C'était aussi vrai pour l'attention que sa mère leur portait.

Max avait su lire avant d'entrer en CP, ce qui n'avait ému personne, à l'époque.

Il faut dire que tous étaient trop occupés par Ben, le gosse qui ne dormait jamais et hurlait à la mort.

Un jour, Max avait épié une conversation entre sa mère et sa tante. Il devait avoir quatre ou cinq ans.

Devant l'évier de la cuisine, sa mère se tenait debout de dos, le cordon de son tablier noué à la taille.

Les deux sœurs se ressemblaient trait pour trait si ce n'était que la plus jeune, la tante de Max, portait ses cheveux bruns longs jusqu'aux épaules alors que sa mère avait opté pour une coupe courte.

La mère de Max épluchait des carottes tandis que sa sœur faisait saisir la viande pour le bœuf mode.

Max raffolait de l'odeur du beurre qui revenait dans la cocotte. Il aurait demandé à tremper un morceau de pain dedans, s'il n'avait entendu le ton désespéré de sa mère.

— Ben m'épuise. Je dois aller me coucher à ses côtés pour qu'il s'endorme. Cela dure des heures. Il se réveille au moins deux fois toutes les nuits... À trois mois, Max faisait ses nuits. Pourquoi pas lui ?

— Chaque enfant est différent.

— Oui mais là... c'est trop ! Je ne sais pas m'y prendre. Je ne dois pas être une bonne mère.

Max percevait des sanglots dans la voix de sa mère. Il en voulut à mort à son frère.

— Arrête tes sottises ! Tu te débrouilles très bien. Tous les enfants ont des phases. Peut-être que Max sera une terreur à l'adolescence !

— Ne parle pas de malheur ! avait dit sa mère en donnant un léger coup de coude à sa sœur.

Max n'avait jamais été un adolescent difficile. Il ne se l'était jamais permis. Jamais il n'aurait fait pleurer sa mère, lui.

Ben, quant à lui, trouva le sommeil en entrant à l'école. Le diagnostic était sans appel : c'était un enfant qui avait besoin de se dépenser. Max en avait un autre : c'était un méga-archi-maxi-monstre.

Le souvenir de Ben en aurait presque fait oublier à Max où il se trouvait, s'il n'avait perçu la voix de Mme Schmidt.

— Donc, les Maximonstres, c'est ton premier souvenir. Tu en as d'autres ?

9

Max se concentra à nouveau. Cette fois, il se revoyait dans le salon. Il était allongé sur le canapé à grosses fleurs vertes et jaunes. Il se blottissait contre sa maman. Il pouvait entendre son cœur battre. Elle sentait le bouillon de poulet. Max adorait cela avec des petites pâtes. C'était quand il était malade.

— *Les Trois Petits Cochons*. Ma maman me le lisait.

— Bravo, Max. Tu as bien compris notre démarche. Laisse tes souvenirs revenir. Ils te guideront.

Max fronça les sourcils. Il avait du mal à comprendre où elle voulait en venir. Mme Schmidt se devait d'être terre à terre.

— Elle te lisait d'autres contes ?

— Je ne voulais que celui-ci. Je disais « Enco', tit' cochons ». Et maman me le relisait.

— Les parents sont très patients quand il s'agit de leurs chérubins.

— Je ne vous le fais pas dire. Mon frère, il ne jurait que par l'histoire du Chat botté ! C'est drôle... Il a toujours aimé les belles choses. Sa femme, c'est une princesse.

— Et toi, tu aimes les belles choses aussi ?

— Je ne m'intéresse pas aux choses. Je m'occupe des gens. J'assure leur sécurité.

— Comme les trois petits cochons...

— Sauf que l'on était deux.

Mme Schmidt avait passé sa main dans ses cheveux pour remettre une mèche derrière son oreille. La maman de Max faisait le même geste quand elle sentait qu'il valait mieux changer de sujet.

Max avait perdu sa mère quand il avait vingt ans. Elle et sa douceur s'étaient évaporées.

Quand il allait mal, elle avait cette manière de lui prendre la main et de caresser sa paume du bout des doigts.

Quand il se disputait avec son frère, son seul regard posé sur eux deux les ramenait à la raison.

Arrivés à l'âge adulte, Ben et lui ne se disputaient plus. Ils ne se parlaient quasiment plus non plus. Ils se croisaient à Noël par respect pour les traditions et pour leur père.

Max voyait ainsi son père une à deux fois par an. Il ne l'appelait pas beaucoup non plus. Pour les anniversaires, principalement. Max n'était pas fâché avec son père. Ils n'avaient simplement pas grand-chose à se dire.

Sa mère était le ciment de leur famille. Depuis son décès, son père travaillait encore plus. Il avait accepté tous les chantiers, y consacrant ses week-ends et sa santé. Il avait des difficultés à se tenir droit. Il s'offusquait si on tentait de le lui faire remarquer, pire, si on lui prodiguait des conseils. Les mots « vacances » et « docteur » étaient bannis de son vocabulaire.

Lors du dernier réveillon, cet homme d'habitude si taiseux s'ouvrit à tous grâce à une eau-de-vie de poire retrouvée dans la cave du grand-père. Vieille de quarante ans, le précieux nectar avait conservé tous ses arômes et tout son alcool.

— Franchement, Max, tu n'en as pas marre de ta cage à lapins ? lui avait demandé son père.
— Notre appartement n'est pas si petit pour Paris, avait répondu Julie qui faisait son entrée dans la famille.
— Pour Paris, peut-être pas. Mais quelle idée de vivre entassés les uns sur les autres. Et puis vous louez. Tout ce pognon jeté par les fenêtres chaque mois.

L'homme au crâne dégarni leva les yeux au ciel.

— Acheter à Paris, c'est compliqué, papa.
— Reviens vivre ici. Il y a la maison de Mémé Paulot qui est à vendre. Vous y serez bien.
— Papa, ici, il n'y a pas de travail pour moi. Toutes les grandes entreprises qui embauchent des ingénieurs

comme moi sont à Paris. Et puis c'est plus facile pour voyager.

— Nous, avec ta mère, on n'a pas beaucoup *voyagé*, mais quand on a fait cette croisière en Grèce, ça nous a bien plu. Je ne sais plus trop les noms, mais bon...

— Le Parthénon à Athènes, sûrement papa.

— Tu l'as vu, toi ?

— Non, je ne me déplace pas en Grèce. Je vais surtout en Afrique. Mais, de toute façon, je n'ai pas vraiment le temps de visiter. Tu sais, quand je suis en déplacement, mon temps est chronométré. J'assiste à des réunions. Je relis des documents. Je donne mon avis. Et je repars.

— Des années à te bourrer le crâne avec tous ces bouquins pour terminer gratte-papier.

Julie prit la main de Max et la serra fort.

Max ne la regarda pas. Il se rendait bien compte que son père avait trop bu, ce qui ne lui ressemblait pas.

Max n'avait pas l'énergie pour expliquer à son père la réalité de son travail, son intérêt, les difficultés qu'il rencontrait.

Personne ne comprenait ce qu'il faisait dans les détails. Lui non plus, parfois. Avec le temps, son poste consistait de plus en plus à préparer des rapports sur la base d'autres rapports, puis des synthèses de ces rapports, et enfin des présentations de ces synthèses. Il mettait de moins en moins les pieds dans les mines. Et pourtant on lui demandait toujours de se déplacer pour vérifier sur place que les formulaires étaient bien signés, que les ouvriers connaissaient les règles. Est-ce qu'ils les appliquaient réellement ? C'était une autre histoire.

Max garda ses remarques pour lui.

— Je dois être trop vieux ou trop con, reprit son père. Moi, j'ai repeint des baraques toute ma vie. Mais j'ai gagné ma vie honnêtement en faisant un travail utile. J'ai été un bon mari et un bon père. Je vous ai payé des études et le meilleur collège de la ville. Pas vrai, les garçons ?

Les deux frères hochèrent la tête. Julie avait adressé à Max un regard dubitatif. Max lui sourit, gêné. Il ne voyait pas où son père voulait en venir.

— Ton frère qui est plus jeune, il vend des BMW, des voitures allemandes, tu te rends compte ?

Max lisait dans les yeux de son père la fierté qu'il éprouvait pour son frère, l'enfant prodige au BTS technico-commercial.

Julie n'éprouvait pas, dans sa famille, le même type de difficultés. Chez elle, on lui reprochait, encore aujourd'hui, de ne pas avoir fait médecine. Dentaire, c'était moins bien. Avec un père chirurgien et une mère pédiatre, la barre était haute. Max, lui, n'était pas dans la surenchère, loin de là.

Malgré ses diplômes, Max n'avait jamais pu rivaliser avec son frère. Après sa phase de bébé insomniaque, Ben était devenu ce gamin charmeur. Ses yeux bleus rieurs et ses bonnes joues le rendaient irrésistible. Maîtresses, copains d'école, oncles et tantes, grands-parents, tous étaient séduits.

À l'inverse, Max était ce grand gamin chétif à l'air gauche dont le teint blême faisait oublier ses grands yeux verts.

Max avait voulu croire que c'était parce que Ben était le plus petit et qu'en grandissant, le déséquilibre s'estomperait. Mais Ben demeura à jamais le plus jeune et le plus mignon, et son aura ne cessa de s'accroître avec le temps. Et les injustices entre eux également.

Comme ce dimanche de janvier où il avait tant neigé. Ben devait avoir huit ans. Ils étaient allés faire de la luge dans le parc à côté de chez eux.

— Non, pas par là. C'est la rivière, Ben ! avait hurlé Max.
— Elle est assez gelée pour que je passe par-dessus.
— Tu es malade ! Tu vas finir dans l'eau.
— Fais pas ta poule mouillée, frérot !
— Je te préviens...

Max n'avait pas eu le temps d'aller plus loin dans sa mise en garde. Son frère était parti comme une flèche en hurlant « cot-cot-cot ». La glace trop fine avait cédé sous son poids. Ben avait atterri lamentablement dans l'eau.

Max avait couru, et crié : « Ben, Ben ! »

Ben était assis dans l'eau, un peu assommé par la violence de sa chute, frigorifié.

Max avait dû se mouiller pour aller le chercher. Il avait porté son frère sur son dos tout en tirant la luge qui pesait une tonne. Le trajet dans la neige jusqu'à chez eux lui avait semblé durer une éternité.

Quand ils étaient rentrés, sa mère avait hurlé. Son père qui se reposait dans son fauteuil s'était précipité dans l'entrée.

Max avait laissé tomber son frère dans le couloir. Il était si épuisé de cette marche qu'il avait failli s'évanouir.

— Mon Dieu, vous êtes trempés ! avait vociféré sa mère tout en enlevant le pantalon de Ben dans l'entrée.

— Mais qu'est-ce qui vous a pris ? avait enchaîné son père.

— C'est Ben... avait commencé à expliquer Max.

— Je suis tellement déçue, s'était émue sa mère sans lui laisser le temps de finir sa phrase. Tu devais surveiller ton petit frère. Que Ben à son âge ne se rende pas compte, mais toi, Max, tu connais les risques...

— Mais Maman, j'ai dit à Ben que... avait-il retenté.

— Maman, j'ai froid, avait grelotté Ben en reniflant.

— Évidemment, mon chéri, va vite à la douche !

Son père leur avait confisqué la luge. La mère de Max avait fait pire. Elle lui avait à peine parlé de la journée.

Tout au long de leur scolarité, les mêmes causes avaient produit les mêmes effets. Max était un excellent élève, ce qui était « normal car il avait des facilités ». À l'inverse, tous les ans, ses parents se demandaient si Ben passerait dans la classe supérieure. « C'est si difficile pour lui d'apprendre par cœur », disait sa mère. Son père n'en faisait pas grand cas. Ils ne leur vinrent jamais à l'esprit que leur enfant était paresseux et que la remontée de ses notes de manière inespérée à chaque troisième trimestre était motivée par son seul souhait de ne pas être séparé de ses copains.

Alors quand son père faisait l'éloge de son frère, c'était comme s'il faisait crisser une craie sur un tableau noir. Tout le corps de Max se mettait en alerte. Ses muscles se crispaient. Sa respiration devenait plus courte.

— Ton frère s'est marié et il a des enfants. Sans oublier qu'il a acheté sa maison. Toi, à plus de trente ans, tu passes ta vie dans des avions, locataire, pas marié... Il ne faut pas mal le prendre, dit-il à Julie.

Julie cherchait Max du regard. Il fixait son assiette, la mâchoire serrée.

— Et sans enfant... renchérit-il, achevant ainsi Julie. Je ne vois pas trop à quoi ça sert.

Ce que Max avait entendu, c'était « à quoi tu sers ».

Julie se leva d'un bond. Elle se mit à débarrasser les assiettes. La diversion fonctionna, et même son frère et sa belle-sœur jouèrent le jeu.

Si sa mère avait été là, tout aurait été différent. Elle aurait empêché son père de trop boire. Elle aurait posé des questions à Julie sur sa famille, son travail de dentiste. Elle lui aurait montré des photos de Max petit. Elle lui aurait fait des compliments sur sa tenue et sa coiffure.

Tout aurait été différent sauf qu'il se serait toujours senti aussi minable comparé à son frère.

Max sentit une main sur la sienne. Il sursauta. C'était Mme Schmidt. Cette chaleur lui rappela où il était. Sa solitude aussi.

Cette main aurait pu être celle de sa mère. Et soudain, Max eut une idée qu'il jugea fantastique.

10

— Peut-on retrouver ses proches ? Connaître le genre qu'ils ont choisi ? On pourrait inspirer le même auteur ? dit Max d'une traite.

— Non, c'est strictement interdit. Tu imagines le bazar sinon ? Les gens choisiraient en fonction des autres morts, passés ou futurs, sans se soucier d'eux-mêmes, de ce qu'ils peuvent inspirer.

Tout ceci ne rimait à rien. Mourir était une perte de temps. C'était officiel !

— Les gens passent bien leur vie à prendre des décisions en fonction des autres. Pourquoi cela devrait être différent dans la mort ? dit-il.

— Justement, ici, tu as l'opportunité de t'en affranchir. Certains arrivent à le faire de leur vivant. Mais ils sont rares...

— Comme les sociopathes ? dit Max sur un ton railleur.

— Par exemple... Ou des êtres très sages comme Bouddha.

Max leva les yeux au ciel. Bouddha ? Celui qui méditait sous son arbre ? Elle n'avait pas d'autres exemples plus crédibles ?

— Enfin, l'important, c'est que tu as enfin l'occasion d'être toi.

— Surtout l'occasion d'être seul.

Mme Schmidt posa son coude sur la table et appuya le bas de son visage dans sa main.

— L'auteur qui s'inspirera de toi pourra s'inspirer de tes souvenirs, dit Mme Schmidt comme pour lui redonner espoir. Il n'y a pas de règles définies sur cette question. Fais-toi confiance et tout ira pour le mieux !

Les yeux de Max se remplissaient de larmes. Il détourna le regard.

— Allons prendre l'air, proposa Mme Schmidt. Il paraît que dans les entreprises, on organise des réunions où les gens se parlent en marchant. Faisons de même !

Max la regarda stupéfait.

— Oui, mon cher Max, je suis informée des dernières tendances. Les auteurs s'inspirent du monde qui les entoure. La fiction nous enseigne tout ce que nous devons savoir sur le monde contemporain. Mœurs, nouvelles technologies, idéaux, religions, entreprises, relations sentimentales...

Quand ils sortirent du bureau, Max eut la sensation étrange que le couloir avait changé d'apparence. C'était la même peinture blanchâtre, le même carrelage défraîchi. Mais quelque chose dans l'air faisait dire à Max que le lieu avait évolué. Peut-être ces barres disposées contre les murs qu'il n'avait pas remarquées en arrivant, ou cette odeur de Javel entêtante.

— Madame Schmidt, est-on toujours au même endroit ?

— Il a changé pour toi, n'est-ce pas ?

Max acquiesça timidement.

— Cela arrive, le rassura-t-elle. Car cet endroit existe sous la forme que ton esprit a créée.

Devant le regard perplexe de Max, Mme Schmidt s'expliqua.

— Les âmes ne vivent pas dans des endroits qui existent physiquement... pour de vrai. Nous évoluons entre âmes dans des dimensions que nous produisons. C'est plus rassurant pour nous. Cela nous rappelle la vie que nous avions quand nous étions dans le monde physique. Certains voient toujours le même lieu dès leur arrivée. D'autres, non.

— Et pour vous, on est où ?

— Pour moi, c'est la maison de mes grands-parents en Corse. Elle représente toute mon enfance, le soleil, la joie. Et toi, que vois-tu ?

— Mon collège… notre collège… et maintenant un hôpital.

— Le décor de ton adolescence et le dernier endroit où tu étais en vie. C'est normal. C'est à cause de l'accident Tu vas trouver celui qui te correspond, ne t'en fais pas !

Debout dans ce couloir, Max était certain d'une chose : ce lieu ne lui convenait pas. L'odeur de Javel l'avait toujours dégoûté. C'était pour lui celle de la mort.

— Si vous êtes dans une maison et moi dans un hôpital, nous ne sommes pas vraiment ensemble ? demanda Max, encore chaviré par ces nouvelles informations.

— Ensemble, nos âmes se mettent au diapason. D'où le fait que nous soyons dans des lieux et des temporalités similaires. Peut-être verras-tu un fauteuil en cuir, là où pour moi, il sera en tissu fleuri. Mais cela n'a pas d'importance.

Max regardait autour de lui les peintures effritées, les fenêtres déglinguées. Le décor était navrant.

Et elle, que voyait-elle ? Des tapisseries d'Aubusson ? Des colonnes romaines ? Des parquets cirés ? Des tomettes bien alignées ?

— Prenons un autre exemple… À quoi ressemblait ta tasse à café tout à l'heure ? demanda Mme Schmidt.

— Banale !

— Quelle précision ! J'avais oublié ton esprit synthétique. Ici, on aime bien avoir un minimum de détails.
— Désolée de vous décevoir. C'était une vulgaire tasse à café, blanche, bien solide, sans aucune caractéristique particulière, typique des brasseries parisiennes.
— Beaucoup mieux, Max !

Max détestait cette sensation d'être en train de passer un examen. Il avait déjà donné dans sa vie, et il considérait que c'était déplacé de le tester ainsi alors qu'il venait juste de mourir.

— Moi, j'ai pris mon thé dans une tasse en porcelaine blanche très fine avec un liseré or. Cela ne nous a pas empêchés de partager le même moment.
— Nous avons bu au même moment, mais ce n'était pas le même moment puisque nous avions chacun notre réalité, dit-il contrarié.
— N'est-ce pas toujours le cas, mon cher Max, même chez les vivants ? Ne vivons-nous pas tous notre propre réalité, dans notre propre décor ?

Mme Schmidt l'agaçait avec ses airs de prof de philo. Il avait toujours eu en horreur cette matière et ces énoncés alambiqués : Être libre, est-ce faire ce que l'on veut ? Suffit-il pour être soi-même, d'être différent des autres ? Au bac, il avait dû plancher sur « Philosopher, est-ce apprendre à mourir ? ». Il avait convoqué toutes ses connaissances ingurgitées la semaine précédente. Il s'en était sorti avec un douze. Note honorable qui lui avait tout de même un peu plombé sa moyenne générale.

Cette idée que chacun pouvait vivre dans une réalité différente déprimait Max.

Petit, il avait demandé à sa maman si le ciel était pour elle du même bleu que pour lui. Elle lui avait répondu que oui, évidemment. Mais comment être sûr que son *bleu*, que le mot « bleu » qu'il utilisait, correspondait au même bleu ? Et si le bleu de sa maman était en fait son vert à lui ?

Il aurait aimé pouvoir entrer dans la tête de sa mère pour vérifier à travers ses yeux à elle les couleurs qu'elle percevait.

Cette question l'avait hanté toute son enfance. Son monde ne ressemblait peut-être pas au monde de ceux qui l'entouraient, et rien ne lui permettait de l'attester.

Il avait arrêté de parler de son problème de couleurs après avoir entendu sa mère s'inquiéter de son « état mental ». Il était trop jeune pour en saisir les implications, mais les murmures de ses parents sur ce sujet le conduisirent à se taire à tout jamais.

Max se sentit vidé de toute énergie.

Les morts pouvaient-ils avoir la migraine ? Lui, il ressentait des maux de tête similaires à ceux qu'il subissait en avion, surtout au décollage. Cette sensation d'être collé à son siège sans pouvoir bouger, d'être le jeu de forces que l'on ne maîtrise pas.

Mme Schmidt lui jetait des regards en coin. Cette journée avec Max s'annonçait délicate.

— Arrêtons de philosopher, Max. Changeons-nous les idées !

Mme Schmidt entraîna Max vers un ascenseur qui se situait à l'opposé de l'escalier qu'il avait pris.

11

Ils se retrouvèrent dans la cour de son ancien collège. Des platanes plantés symétriquement quadrillaient le bitume. Max entendait des ambulances au loin. Cette satanée juxtaposition de sa fin de vie et de son adolescence lui donnait le vertige. Pour de vrai.

— J'ai besoin de m'asseoir, dit-il.

Ils s'assirent sur un banc en bois, bancal. Elle posa sa main sur son genou.

— Il ne faut pas t'apitoyer sur ton sort... C'est un réflexe chez les nouveaux défunts. Mais tu n'as pas le temps pour cela.

Max plaça sa main sur la sienne. Il avait besoin de sentir cette chaleur, cette humanité qui émanait d'elle.

Elle regardait au loin. Il se sentait privilégié de ne l'avoir que pour lui. Cela était arrivé une fois. Un samedi où il avait été tiré au sort pour l'aider à ranger la classe lors de la journée portes ouvertes.

Il n'en avait pas dormi de la nuit. Et sa mère n'avait pu s'empêcher de le trahir lors de la réunion parents-professeurs : « Max vous adore. Le jour où il a su qu'il était l'heureux élu, il est rentré à la maison tout fou. Je crois que même une mobylette ne lui aurait pas fait plus plaisir. »

Le visage de Max était passé du rouge écarlate au blanc livide. Son cœur s'était emballé.

Il en avait tellement voulu à sa mère.

Sa professeure avait souri. Juste souri. Et puis elle avait sorti son bulletin du trimestre qu'elle avait commenté.

La Mme Schmidt de l'au-delà ne laissa pas à Max le temps de convoquer tous leurs souvenirs communs, de se rappeler la lourdeur du dictionnaire Larousse, le pot à crayons sur le bureau en bois, la frise chronologique de la littérature française au-dessus du tableau, les Bescherelle sur les pupitres.

— Allons-y, Max !

Il la suivit, docile.

Ils marchèrent jusqu'à un attroupement qui s'était formé devant un hangar, propre aux aérodromes.

Derrière de larges ouvertures coulissantes, on entendait des pales d'hélicoptères et des moteurs tourner.

Des femmes et des hommes entre quarante et soixante ans, pour la majorité, faisaient la queue pour entrer. Certains portaient des lunettes noires et une casquette. D'autres des costumes ou des robes de soirée.

— Que se passe-t-il ? demanda Max.
— Des aspirants espions… Fans de James Bond.
— Mais c'est un personnage de film, non ?
— James Bond a été repris au cinéma, comme bon nombre de personnages littéraires. Mais c'est un écrivain, Ian Fleming, qui l'a inventé.
— J'ai déjà lu un article sur lui, je crois.
— Les films chipent les personnages à la littérature sans que l'on s'en rende compte.

Max aimait quand Mme Schmidt utilisait des termes désuets comme « chiper ». Personne dans son entourage ne s'exprimait comme elle.

— Ian Fleming avait lui-même été espion, poursuivit Mme Schmidt.
— Il n'avait donc pas besoin des morts pour l'inspirer, répondit Max, fier de sa remarque.

Mme Schmidt sourit. Elle se tourna vers Max.

— Un écrivain ne s'inspire jamais que de lui-même ou de ses proches, même quand il le croit.

Les personnages sont par essence des constructions mentales. Et les morts ont systématiquement un rôle à jouer.

Max hocha les épaules. Il détestait cette manière qu'elle avait de répondre à toutes ses objections.

Ils continuèrent à déambuler. Max entendait leurs pas frôler les gravillons de l'allée. Cela le mettait mal à l'aise. Il se devait de rompre le silence.

— J'ai lu un livre d'espionnage une fois... John Le Carré, c'est possible ? dit Max.

— Oui. Lequel ?

— Je ne sais plus. L'histoire se passait pendant la guerre froide...

— Comme souvent chez Le Carré..., soupira-t-elle.

Elle bomba le buste et se tourna vers lui, reprenant son plus beau sourire.

— Tu es sur la bonne voie, Max. Tu as eu un souvenir littéraire spontané.

Max semblait sceptique.

— Cela veut dire que tu as pensé seul à un livre que tu avais lu, précisa Mme Schmidt. Dans la « vraie vie », cela arrive régulièrement qu'une situation résonne avec une ancienne lecture. Selon les gens, cela se produit plus ou moins souvent...

Ce qui lui arrivait depuis son arrivée, c'était d'être submergé par les souvenirs de sa vie, par des scènes de son passé, certaines semblant resurgir de nulle part. On ne pouvait pas dire qu'il était assailli par les réminiscences littéraires.

— Donc Le Carré, cela t'avait plu ? insista Mme Schmidt.

— Moyennement... Je n'aime pas trop les fictions liées à l'Histoire ou à la politique. Soit c'est vrai, et ce n'est pas un roman. Soit c'est faux et il est inutile de faire croire que c'est vrai. Autant assumer ! Vous n'êtes pas d'accord ?

— Mon avis n'a aucune importance. En revanche, c'est important pour toi de le savoir... Tu peux donc déjà écarter les dystopies.

— Les dys-quoi ?

— Une dystopie, c'est un récit de fiction qui dépeint une société imaginaire sombre, souvent totalitaire. L'inverse de l'utopie qui représente une réalité idéalisée.

Max avait la sensation que les mots qu'utilisait Mme Schmidt lui étaient insaisissables. Ils se heurtaient contre lui, comme ce merle qui s'était assommé en se jetant sur la vitre de sa classe. C'était pendant un cours de français. Le grand Jules était au tableau pour corriger un exercice de conjugaison. Elle leur avait demandé de répéter tous en chœur : « On emploie l'imparfait du subjonctif dans une proposition subordonnée, pour indiquer la simultanéité ou la postériorité d'une action par rapport à l'action de la principale, lorsque celle-ci est au passé. » S'il se souvenait encore de cette phrase, son sens lui semblait tout aussi inaccessible qu'une incantation prononcée par un druide dans une forêt celtique. Quand l'oiseau s'était heurté au carreau, Max s'était senti lui aussi abasourdi. Comme si le merle et lui n'avaient fait qu'un. Sa vision s'était brouillée. Il s'était vu défaillir. Et quand la cloche avait retenti, il avait mis quelques instants à se lever. Il était sorti en dernier.

Mme Schmidt le rappela au moment présent. Elle n'eut pas besoin d'une cloche. Elle se contenta de claquer son pouce contre son majeur.

Max frissonna. La fatigue peut-être (si cela existait ici). Elle capta son regard et poursuivit sa démonstration.

— Dans une dystopie, le personnage principal lutte pour retrouver sa liberté. Comme pour les romans d'espionnage, Hollywood en est fan !

Max hocha la tête mécaniquement.

— *1984* de George Orwell, ça te dit quelque chose ? C'était au programme du baccalauréat… Je n'étais plus ta professeure, mais toi tu étais toujours élève.

Max rougit. Il était comme amnésique. Il aurait pu hiberner pendant les vingt dernières années, qu'il n'aurait pas été plus ignorant. Lui ce qui le détendait, c'était écouter la radio, lire *L'Équipe* ou regarder le sport à la télévision. Sa préférence allait au ski alpin dont la blancheur des pistes l'hypnotisait. Depuis qu'il passait ses journées à éplucher des dossiers, à rédiger des rapports, il était devenu allergique à tout ce qui pouvait être écrit et, par une association qui lui était propre, à la culture en général.

Mais avant… Longtemps avant, il avait passé du temps à la bibliothèque et même dans les musées. Il ne se souvenait de rien ou de si peu.

La mémoire de Mme Schmidt, quant à elle, ne présentait aucune défaillance. Elle demeurait ce puits de savoir. Même dans la mort, l'injustice régnait en la matière.

— *1984*, c'est une société où tout le monde est observé… « Big Brother », ça te dit quelque chose ?

— Carrément ! s'exclama Max qui fut surpris par sa propre réactivité. La société de surveillance. Les caméras partout.

— Oui… L'expression s'est glissée dans notre quotidien. La plus belle victoire d'un auteur. Mais c'est un livre très sombre. Comme *Fahrenheit 451* de Ray Bradbury. Une société où on brûle les livres.

— Ça n'a pas dû vous plaire, ici !

L'ironie de Max était palpable. Et Mme Schmidt y répondit avec sévérité.

— Détruire les livres, c'est refuser la mémoire, l'évasion. Cela va à l'encontre de notre travail à nous, les anciens vivants.

Cette exaltation lui ressemblait tant. Max l'admirait pour cela.

Ils continuèrent à marcher dans la cour. Mme Schmidt avait besoin que Max se sente plus concerné par la situation. Ils contournèrent l'ancien réfectoire. Enfin ce que Max concevait comme tel.

Elle lui montra la porte d'un bâtiment isolé. L'ancienne usine désaffectée aurait eu sa place dans une série policière américaine. Le lieu idéal pour une rencontre illicite, à l'abri des regards, le long de l'Hudson River.

— Max, entre ! Mais ne ferme pas la porte derrière toi, l'avait prévenu Mme Schmidt. Il te serait impossible d'en sortir.

Il s'exécuta, docile mais inquiet.

12

Max ouvrit la lourde porte métallique en faisant bien attention de ne pas la laisser se refermer.

Un violent courant d'air faillit lui faire perdre l'équilibre. Il n'était pas à l'intérieur de l'usine. Il était dans une rue. Ou plutôt dans une ville. Enfin, dans ce qu'il en restait.

Le ciel était bas. Des débris jonchaient le sol. Des carcasses de voitures bloquaient le passage. Des volutes de poussière s'élevaient pour mieux s'égarer. Une odeur de brûlé, d'essence, de plastique, de pourriture lui fit porter son avant-bras au visage pour calfeutrer son nez. Ses yeux le piquaient.

Au loin, des gratte-ciel à moitié démolis peinaient à se maintenir droits. Il avait du mal à les distinguer. Pourtant ce n'était pas la nuit. Un soleil froid brillait derrière des nuages noirs compacts.

Il n'y avait aucun animal, aucune plante.

Pourtant, il ressentait une présence, plusieurs. Des ombres semblaient rôder.

Une silhouette se dirigea vers lui. Cela pouvait être un humain, un zombie ou tout autre être malintentionné. Il se raidit.

Tout en tenant la porte de sa main droite, il recula jusqu'au seuil. Sain et sauf, il la laissa claquer.

Dans la cour, il lui fallut quelques minutes pour reprendre son souffle, les mains sur ses genoux, courbé comme un athlète qui venait de courir un marathon.

La terreur se lisait dans ses yeux.

Quand il fut apte à articuler quelques paroles, il bredouilla.

— C'était le chaos, là-dedans ! L'enfer…

— Plutôt l'apocalypse ! Des histoires de fin du monde.

— La fin du monde, c'est bien ce que j'ai ressenti ! Qu'est-ce qui s'est passé ? Que leur est-il arrivé ? C'est là où vous envoyez les indécis à la fin de leur journée ?

Mme Schmidt fut prise d'un fou rire.

— Très drôle, Max !

— On voit que vous n'êtes pas entrée.

— Détrompe-toi ! Pour moi, c'était un tsunami qui emportait tout un village. Je lisais beaucoup de romans japonais.

— Je ne vois pas le rapport…

— La culture des auteurs transparaît dans leur imaginaire et celui de leurs lecteurs. Dans le cas des écrivains japonais, leurs œuvres sont imprégnées par la menace permanente des typhons, des séismes, des tsunamis.

— En plus, ils ont connu la destruction nucléaire.

— Tout à fait, Max. L'apocalypse, la vraie. Chaque culture a ses démons.

— Je n'y avais jamais pensé sous cet angle.

Max n'y avait jamais pensé tout court. Même dans l'avion, même quand il souffrait du décalage horaire, il ne regardait pas ce genre de films.

— Actuellement, la guerre, les météorites ont moins la cote. On voit émerger à la place une nouvelle tendance, toutes cultures confondues, relata son ancienne professeure qui se comportait comme telle. Le réchauffement climatique et ses dérivés : inondation massive, sécheresse meurtrière, incendie incontrôlable, pandémie…

— Comme les mines qui s'effondrent, les glissements de terrain…

— Et la question est toujours la même : est-ce réellement la faute à « pas de chance », comme on dit ?

Max se revoyait jeune ingénieur, au tout début de sa carrière. Un séisme, de magnitude 2,6 sur l'échelle de Richter, avait provoqué un incendie sous terre dans une mine d'or en Afrique du Sud. Des câbles électriques auraient été à l'origine du départ du feu. Des conduites d'eau et d'air avaient été endommagées. Sur une cinquantaine de mineurs, cinq avaient pu accéder au refuge et être secourus. Les autres étaient morts carbonisés ou ensevelis. Cette mine n'appartenait pas au groupe dans lequel travaillait Max, mais les images avaient circulé. Comme les rumeurs.

Une enquête avait été diligentée par les autorités locales. Elle n'avait pas abouti. Les mauvaises langues parlaient de défaut de sécurité, de malfaçon, de corruption.

En prenant du galon, Max s'était juré de tout faire pour éviter un tel carnage.

— Si tu veux mon avis, mon cher Max, il était temps que les auteurs intègrent que la plus grande menace pour l'homme, c'est l'homme lui-même, conclut Mme Schmidt.

— « L'homme est un loup pour l'homme », compléta Max, fier de sa citation.

— Thomas Hobbes. Belle référence !

Max sourit comme un enfant dont la maman venait de complimenter un de ses gribouillages.

— Dites-moi… il y a des lecteurs qui aiment se retrouver confrontés à la fin du monde ?

— Beaucoup… Et quand une catastrophe se produit, le livre qui l'avait le mieux anticipée devient un best-seller.

— Je ne vois pas l'intérêt quand cela va mal, de lire des romans qui décrivent un monde encore pire. Bonjour la déprime !

— C'est un moyen pour certains de prendre de la distance avec ce qu'ils vivent, de relativiser et aussi d'une certaine manière d'avoir l'impression de contrôler la situation.

— Si vous le dites... Mais il y a vraiment des morts qui veulent arpenter de tels univers ?

— Oui. Ceux qui se rêvent en survivant, en sauveur de l'humanité, en dernier homme sur Terre.

— Ça ne sera pas moi, dit Max en donnant un léger coup de pied dans un caillou.

— Tu ne fais donc pas partie de ces gens qui recherchent le frisson, la terreur ?

— Je déteste ! Ben, mon petit frère, il adorait tout ce qui faisait peur. Avec ses copains, il ne jurait que par *Shining, l'enfant lumière*. Un hôtel isolé en plein hiver et un père alcoolique possédé qui cherche à tuer son fils. Vous connaissez ?

Rien que d'en parler Max tremblait. Il jetait des coups d'œil autour de lui. Comme si le père psychopathe allait débarquer de nulle part pour l'égorger.

— Oui, c'est de Stephen King, un maître du genre, constata Mme Schmidt.

— J'ai essayé de le lire sans le dire à Ben, mais j'ai arrêté avant la fin, dit-il avec un air penaud. Vous allez vous moquer de moi... J'en ai fait des cauchemars !

— Moi aussi ! plaisanta-t-elle. Donc espionnage, dystopie, roman postapocalyptique, épouvante, on peut écarter. Nous avançons, mon cher Max.

— Moi, j'ai l'impression de rétropédaler.

— Ce n'est qu'une impression, Max. Tout n'est qu'impression, murmura Mme Schmidt.

Ils poursuivirent leur cheminement jusqu'à un jardin verdoyant. Max aurait juré que la seconde d'avant, il n'y était pas.

Il n'était pas d'humeur à s'en émouvoir. Pour la première fois, depuis son arrivée, il évoluait dans un lieu réconfortant.

13

Des roses anciennes côtoyaient des plantes herbacées. Les mauvaises herbes prenaient leurs aises et participaient avec les géraniums et les lys à la composition d'ensemble. Des papillons orange, noirs, violets s'envolaient à leur passage.

— C'est incroyable, s'extasia Max en respirant à pleins poumons. Ce jardin à l'anglaise ressemble à celui d'un *bed and breakfast*...

Pour la première fois depuis son arrivée, Max semblait content.

— C'était à Bath, en Angleterre. J'y avais emmené Julie pour son anniversaire.
— Bath, j'adore, s'enthousiasma Mme Schmidt. C'est une ville si charmante... si romantique. Dans tous les sens du terme. Est-ce que tu sais que c'est le berceau de la littérature romantique ?
— Figurez-vous que oui ! dit-il fièrement. Julie a voulu visiter le musée de Jane Austen...

— Jane Austen, un délice !

— Il y avait aussi une partie consacrée à la mode du XVIIIe siècle.

— Les femmes et leurs robes inspirées de l'Antiquité, les hommes et leurs queues-de-pie...

Max se recula pour observer la manière dont était habillée Mme Schmidt. Il n'y avait pas encore prêté attention. Son cerveau lui jouait des tours. Il était plus lent que d'habitude pour relier les choses, les idées, les époques.

Elle portait une robe à la grecque aux manches longues et à la taille haute de couleur parme qui lui compressait la poitrine. Son visage à la beauté moderne dissonait avec ce style vestimentaire si classique. Max examina sa propre tenue : une redingote noire, un gilet, des bottes en cuir, et un pantalon bouffant en velours. Il toucha son visage. Il sentit sur ses tempes des favoris.

— On a changé d'époque en même temps que de lieu ? demanda-t-il circonspect.

— C'est possible, en effet. Nos âmes naviguent dans le temps et l'espace avec nos souvenirs.

— Vous êtes habillée comme à cette époque... Disons que c'est comme cela que je vous vois. Et le jardin est en phase aussi avec le Somerset, le romantisme. Tout marche ensemble... Et vous... vous voyez cela aussi ?

— Je t'ai dit : nos âmes se mettent en résonance. Ce n'est pas exactement pareil, mais suffisamment pour que l'on se comprenne. Comme pour le thé et le café tout à l'heure...

Même si Max ne comprenait toujours rien à cette histoire de résonance, il ne boudait pas son plaisir d'évoluer dans un décor si champêtre. Et ce décalage temporel avait son charme. Tout ce qui l'éloignait des odeurs mortifères de l'hôpital le mettait en joie.

— Je sais ! s'exclama-t-il. Ce jardin... c'est celui où nous allions à côté du collège. Au printemps, nous y avions accès grâce au professeur de dessin, celui à l'accent britannique. Monsieur...

— Monsieur Blaming ?

— C'est ça ! Il était vraiment sympa. Le dessin, c'était une excuse. Il nous laissait profiter du jardin des professeurs. Il disait que la botanique était la preuve que Dieu existe. La forme d'art la plus aboutie.

— C'est bien une phrase qu'il aurait pu prononcer, en effet. Et toi, qu'en penses-tu ?

— L'art, je n'y connais rien. Le jardinage encore moins. On habite à Paris. Cela ne s'y prête pas.

Max revoyait Julie remplissant leur caddie de pots, de terre, d'engrais, de plantes en tout genre.

Quelques jours plus tôt, ils avaient répondu à l'agent immobilier qu'ils n'achèteraient pas le trois pièces aux Buttes-Chaumont que Julie convoitait. C'était trop tôt, trop compliqué, trop de travaux, trop cher. Max avait égrené les raisons comme les prières. Julie s'était rangée à ses arguments. Il la croyait convaincue.

Quand elle lui demanda de la conduire dans une jardinerie pour « verdir leur point de vue parce qu'elle ne pouvait plus respirer », il comprit que l'heure était grave.

Un mois plus tard, aucune plante n'avait survécu, pas même les géraniums. Les succulentes avaient été noyées par un excès d'arrosage. Le ficus avait perdu toutes ses feuilles. La lavande avait séché dans son pot. Pire que le béton, il y avait la nature… morte.

Tout l'inverse de cette végétation luxuriante.

— Je peux ? demanda Max en montrant un brin d'herbe qu'il voulait couper.

Mme Schmidt acquiesça. Max n'avait toujours pas compris que les plantes, les fleurs, les herbes, les insectes n'existaient que dans son esprit. Par lui et pour lui. Il était libre d'en faire ce qu'il voulait.

Mme Schmidt s'abstint de toute remarque. Max avait toujours été un être délicat. Il se cachait parfois derrière les blagues ou l'indifférence. Mais elle n'était pas dupe. Au collège, il n'était pas de ceux qui cherchaient à attirer l'attention ou de ceux qui se battaient. Ce n'était ni un meneur, ni un suiveur et encore moins un de ces gamins martyrisés ou laissés de côté.

Max, c'était cet adolescent perdu dans un corps déjà trop grand pour lui. Celui qui ne cherchait pas à prendre la parole. Mais quand il s'exprimait, principalement sur le papier, il lui offrait des observations délicieuses, un regard sur le monde rafraîchissant et une sensibilité inégalée parmi ses camarades.

Le jour où elle l'avait appelé au tableau pour réciter « Les yeux d'Elsa » d'Aragon restera un de ses plus beaux souvenirs d'enseignante. C'était dans les derniers jours de l'année. Elle n'espérait plus beaucoup d'efforts de leur part. Elle avait choisi Aragon pour faire écho au programme d'histoire qui s'achevait sur la Seconde Guerre mondiale.

Max avait l'air comme toujours endormi. Elle avait dû répéter son prénom plusieurs fois avant qu'il sursaute et demande :

— Quoi ? Moi ?

— Oui, toi ! Au tableau !

En se levant, il avait trébuché sur son cartable, ce qui avait fait rire toute la classe. Elle avait dû élever la voix pour que le calme revienne.

Il avait traversé la classe de manière nonchalante. Ses bras pendaient le long de son corps.

Il s'était installé sur l'estrade devant le tableau noir. Jusque-là, il n'était qu'un adolescent de quatorze ans. Un être de caoutchouc qui n'avait pas encore été formé, rigidifié par l'expérience.

Quand sa voix qui muait se posa sur les vers d'Aragon, elle se redressa sur sa chaise. Il dégageait une telle force qu'on aurait cru qu'il les avait écrits, qu'il en portait la puissance, le désespoir aussi.

Pour la première fois de l'année, pendant le temps de la récitation, aucune règle ne tomba, aucun gloussement ne se fit entendre. Seule résonnait, dans la classe, l'élocution parfaite de Max.

Au dernier quatrain, il fixa sa professeure dans les yeux qui en eut la chair de poule. Sa voix résignée alla *decrescendo*, profitant de chaque syllabe.

Il advint qu'un beau soir l'univers se brisa
Sur des récifs que les naufrageurs enflammèrent
Moi je voyais briller au-dessus de la mer
Les yeux d'Elsa les yeux d'Elsa les yeux d'Elsa.

Le silence demeura bien après qu'il eut fini. Si on avait été au théâtre, cet instant suspendu aurait présagé soit un échec retentissant, soit un tonnerre d'applaudissements.

Les yeux de Max couraient de droite à gauche. Il paraissait dépassé par l'émotion qu'il avait ressentie et transmise.

Il regarda sa professeure et lui dit :
— Madame, de parler de l'eau, de la mer, ça m'a donné envie... Est-ce que je peux aller aux toilettes ?

La beauté du moment se brisa sur la trivialité de sa question et les fous rires de ses camarades.

Elle lui en avait voulu d'avoir gâché ce plaisir poétique, puis elle lui avait pardonné. Être aussi sensible à quatorze ans, cela devait être un terrible fardeau.

Pour elle, leur association dans l'au-delà n'avait rien d'une coïncidence.

Et elle ne put refréner un sourire en voyant Max, adulte, toujours aussi égaré dans son être, frotter le brin d'herbe entre ses mains.

L'odeur d'herbe coupée rappela à Max le jardin du collège, et Brune évidemment. Elle habitait la maison de ville à côté. Les deux jardins étaient mitoyens et donnaient sur la rivière. Un trou dans le grillage permettait de passer de l'un à l'autre.

Lionel et le gros Fred lui avaient lancé comme défi de s'y faufiler. La haie mal entretenue était épaisse. Max avait affronté les ronces, le fil de fer rouillé, la terre encore humide pour terminer sur le ventre comme un coléoptère. L'herbe venait d'être tondue.

Max était fier d'avoir réussi à pénétrer chez les voisins. Mais sa joie fut de courte durée.

Il se sentit observé.

Encore allongé, face contre terre, il aperçut des pieds nus. Il releva un peu la tête et discerna du blanc. Il se tenait sur ses avant-bras quand il repéra de petits seins rebondis.

Il se mit debout sans trop savoir comment. Il tenta de s'épousseter comme il pouvait. Son T-shirt blanc était devenu marron. Et le vert de la pelouse des voisins avait déteint sur son pantalon en toile beige. Sa mère allait l'étriper.

Et elle, elle était devant lui, les bras croisés, dans sa longue robe blanche en dentelle. Avec ses grands yeux verts et ses longs cheveux roux, on aurait dit une apparition.

— Tu es chez moi, lui dit-elle. Le camp… pour les militaires, c'est de l'autre côté.

Sa voix était rieuse.

— Je suis désolé…, bafouilla Max. On était à côté avec les copains. Et…

— Je sais… On vous entend. C'est vraiment un truc de mecs de hurler à pleins poumons.

Debout devant elle, sale, Max souriait bêtement, comme un gamin de quatorze ans qui venait de rencontrer la plus belle fille sur terre.

— Ce n'est pas que tu me déranges, mais je suis en pleine répétition, lui dit-elle.

— Répétition ?

— De théâtre. Je joue Roxane dans *Cyrano de Bergerac* le mois prochain.

Par terre, le livre gisait. Il l'attrapa d'un geste rapide.

— Je peux te faire répéter..., dit-il. Enfin... si tu as besoin !

Max avait fait cette proposition sans y réfléchir. Sans même se présenter.

— Tu t'y connais en théâtre ? demanda-t-elle.
— Oui, euh. Enfin... je sais lire !
Elle éclata de rire.
— C'est rassurant ! Tu t'appelles comment ? demanda-t-elle.
— Max. Et toi ?
— Moi, c'est Brune. Avec mes cheveux roux, ce n'est pas de chance !

Et elle passa ses doigts dans ses boucles en lui souriant. Max était conquis.

Ils s'étaient donné rendez-vous le lendemain. C'était au mois de mai.

14

Pour Max, le souvenir de Brune avait une saveur douce-amère.

Comme un dormeur au sommeil chahuté, Max s'écria, le brin d'herbe entre les doigts :

— *Cyrano de Bergerac* ! J'aime *Cyrano de Bergerac.*

Mme Schmidt s'arrêta de marcher, surprise par cet élan inspiré.

— Parfait, Max ! Nous faisons de grands progrès. Parle-moi de *Cyrano.*

Chacun a, paraît-il, des souvenirs qui lui sont propres quand il se remémore une œuvre. De la même manière que la crédibilité des témoins sur une scène d'accident se jauge au regard des divergences de leur propos, la sincérité d'une lecture dépend de la singularité des émotions qui surviennent chez le lecteur.

Pour Max, *Cyrano de Bergerac* sentait le mois de mai. C'était le plus beau mois de l'année, selon sa mère. Elle avait raison, comme toujours. Et dans ce jardin anglais, avec Mme Schmidt, il ressentait ces mêmes rayons du soleil à la douceur raffinée, ceux qui annoncent l'été.

Cyrano de Bergerac, c'était aussi The Smiths qu'il écoutait à fond dans son walkman. Brune ne connaissait qu'eux. Sa chambre était tapissée de posters à l'effigie de leur leader, Morrissey, et de leur guitariste, Johnny Marr. Elle était convaincue que leur séparation serait momentanée. L'avenir ne lui donna pas raison.

Et puis *Cyrano*, c'était avant tout des heures passées à faire répéter Brune.

Pour ce faire, il avait emprunté, à la bibliothèque du collège, une édition en piteux état. Il avait lu la pièce dans la nuit. Il avait dû en finir la lecture sous ses draps, avec une lampe torche. Son frère s'était moqué de lui.

Il découvrit le lendemain que le professeur de théâtre de Brune avait réalisé « ses choix artistiques » en sélectionnant un certain nombre de scènes mythiques et en sacrifiant toutes les autres.

La pièce était ainsi réduite à son essence : Cyrano affublé de son nez ridicule alliant art du verbe et de l'épée ; Roxane, sa cousine, lui avouant son amour pour Christian sans connaître les sentiments de Cyrano, son cousin, à son égard ; Cyrano prêtant sa plume à Christian pour conquérir Roxane ; et cette fin si sordide, Christian tué, Roxane se retirant dans un couvent et découvrant toute la « généreuse imposture ».

Max avait ressenti un profond dégoût envers Cyrano qu'il considérait comme un lâche de ne pas avoir dévoilé ses sentiments à Roxane.

Si Max avait eu le quart du tiers de la moitié de l'éloquence de Cyrano, il aurait déclaré sa flamme à Brune.

En l'absence de panache, il imaginait que Brune serait sensible à sa dévotion, à son abnégation envers son art.

Pour les besoins des répétitions, Max passait du rôle de Christian à celui de Cyrano.

Cela devait faire plus d'un mois qu'ils répétaient ensemble quand Brune lui téléphona. C'était la mère de Max qui avait décroché. Elle lui avait passé le combiné en murmurant : « Elle a l'air charmante. Invite-la à la maison. » Les joues de Max étaient en feu, son cœur s'était emballé. Il en percevait les battements frénétiques et priait qu'à l'autre bout du fil, Brune ne puisse les entendre.

Le téléphone se situait dans un recoin du salon, à proximité du couloir. Max s'imaginait la proie facile d'oreilles indélicates.

— Max, tu ne devineras jamais ! Jean-Charles s'est cassé la jambe.

— Jean qui ? demanda-t-il d'une voix qui dérailla.

— Jean-Charles, JC, celui qui fait Christian. Le fils du prof de théâtre. Tu sais celui qui a mauvaise haleine, que je ne supporte pas.

— Ah oui !

— Il s'est cassé la jambe. Donc il ne peut pas jouer. Donc il faut le remplacer. Tu connais toutes les répliques par cœur. Et j'ai pensé à toi. Ça te dit ?

Le cœur de Max allait exploser d'un instant à l'autre. Il répondit sans réfléchir un seul instant.

— Non.

— Ah... Je pensais que tu serais content. Tu es le remplaçant idéal. Tu m'as tellement aidée. Tu ne veux vraiment pas ?

— Je suis pris le 25.

— Tu ne viendras pas voir la pièce ? demanda-t-elle sans cacher son étonnement.

Elle semblait encore plus déçue par cette réponse que par la précédente.

— On doit aller chez mes grands-parents. J'ai oublié de te le dire. Désolé. Il faut que j'y aille. Ma mère m'appelle. Au revoir.

— Au revoir, balbutia-t-elle la gorge serrée.

Il avait déjà raccroché. Dans le couloir, l'attendaient son frère et sa mère qui n'osèrent poser aucune question. Max était blême. Il alla s'allonger dans son lit où il passa le reste de l'après-midi à fixer le plafond en écoutant The Smiths dans ses écouteurs.

Après cet appel, il fit encore répéter Brune quelques fois. La magie avait disparu. La jeune fille se fit plus distante. Max en conclut que son attitude était la preuve qu'elle n'éprouvait rien pour lui et que toute déclaration de sa part n'aurait été qu'humiliation.

Brune était désormais occupée avec Matthieu qui avait accepté de jouer Christian au débotté.

Pourvu d'un corps d'athlète et d'un sourire carnassier, le nouveau Christian possédait tous les attributs du Christian de papier.

Le 25, fidèle à ce qu'il avait annoncé, Max ne se déplaça pas au théâtre. Il passa la soirée au lit en fixant à nouveau le plafond, son walkman vissé sur les oreilles, écoutant en boucle « Heaven Knows I'm Miserable Now* ».

Il se rendit tout de même chez elle le lendemain. Le père de Brune se félicita des dons de comédienne de sa fille et l'informa qu'elle était partie au cinéma avec Matthieu.

Quand il les croisa quelques jours plus tard sur la place de l'hôtel de ville se tenant la main, son cœur se brisa. Au même moment, son walkman se grippa sur

* « Dieu sait que je suis malheureux maintenant », The Smiths.

« I Know It's Over* », et la bande de la cassette de The Smiths s'entortilla sur elle-même. Max savait que c'était fini tant avec Brune qu'avec The Smiths.

Il rentra chez lui, s'allongea sur son lit et écouta, cette fois-ci, une cassette de chansons françaises qui appartenait à sa mère.

Depuis le couloir, ses parents et son frère l'entendaient murmurer « Ne me quitte pas » ou « Je l'aime à mourir ».

Son premier grand amour n'en avait pas été un. Max devinait que s'il avait accepté de jouer Christian, ses liens avec Brune n'auraient été que renforcés et elle n'aurait pas croisé Matthieu, le bellâtre. Pour cela, il aurait dû affronter le regard des autres, prendre le risque d'être ridicule.

Il se dégoûtait d'avoir, comme Cyrano, manqué l'amour pour une vulgaire question d'amour-propre.

— Donc, qu'aimes-tu dans cette pièce ? s'impatienta Mme Schmidt.

---

* « Je sais que c'est fini », The Smiths.

15

Mme Schmidt ne regardait pas sa montre car elle n'en avait pas. Mais elle montrait d'autres signes d'impatience. Elle fixait Max en répétant des petits gestes avec sa main droite qui semblait dire : « Bon… allez… Tu vas cracher le morceau. » Elle n'aurait jamais dit cela, évidemment. Mais l'idée était bien là.

Max se sentait obligé de dire quelque chose. N'importe quoi.

— Je t'aime, et suis tienne !

Mme Schmidt le regarda stoïque avant d'exploser de rire. Max connaissait par cœur les passages que jouaient Brune, ceux de Roxane.

Il rougit. Très fort. Parce qu'il avait parlé au féminin, lui cet homme en pleine force de l'âge. Et aussi parce que ce « je t'aime » résonnait fort en lui, à côté de sa professeure qu'il avait tant adorée quand il était adolescent. Ce « je t'aime » qu'il aurait tant voulu lui être destiné quand Brune le prononçait. Ce « je t'aime », c'était le résumé de ces premières amours qui n'avaient pas abouti.

Même dans la mort, le hasard pouvait vous sauver. Et ce fut le cas grâce à une rencontre inattendue.

— Bonjour, Mireille !

C'était une voix d'homme, jeune, joyeuse. Mme Schmidt se retourna. Mireille, c'était elle. Pour Max, Mme Schmidt ne pouvait pas avoir de prénom, ni de mari, ni de parents, ni de vie en dehors des murs de sa classe. Pour lui, elle était à jamais associée à son rôle de professeure. Avec certaines personnes, le prénom représente une intimité dans laquelle on n'a pas envie d'entrer. Mais avec elle, c'était plus que cela. C'était l'incapacité de Max à imaginer que sa professeure existait en dehors du collège.

Un jour, il l'avait aperçue dans les rayons du supermarché. Elle poussait son caddie rempli de papier toilette, de yaourts, de pâtes, de viandes et d'autres produits périssables. Il s'était caché jusqu'à ce qu'il soit sûr de son passage en caisse. La vulgarité de la scène était en totale contradiction avec ce que Mme Schmidt représentait pour lui : l'élégance, la distinction, le raffinement.

C'était bien connu, les professeurs ne se nourrissaient que de connaissances. C'étaient des êtres sans existence propre, si ce n'était celle de leur salle de classe. Et leur prénom se résumait à Monsieur, Madame et parfois Mademoiselle.

— Bonjour, Théo ! s'écria Mme Schmidt avec un entrain qui dérangea le cours des pensées de Max.

Un homme noir d'une vingtaine d'années fringant en jean et veste de velours bleu nuit s'avança vers eux. Il n'avait rien d'un gentleman du Second Empire. La résonance dont parlait Mme Schmidt ne semblait pas fonctionner avec celui-ci.

Ni avec la vieille dame accrochée à son bras qui avançait petits pas après petits pas. Elle ressemblait à une petite fille à la bouille ronde et aux yeux rieurs. C'était une mamie comme on en voit au Japon, pensa Max. Une mamie de manga !

La coupe afro du jeune homme détonnait avec les longs cheveux blancs de la vieille dame qu'elle portait en tresse. Les deux avaient en commun de respirer la jeunesse.

— Je m'appelle Théo, dit l'homme en tendant sa main à Max. Voici Odile.

Max pensa que ce Théo avait dû briser plus d'un cœur. Il rayonnait la joie de vivre. Dans le monde des morts, Max trouvait cela un peu embarrassant, presque indécent.

— Moi, c'est Max, répondit-il en serrant la main de Théo. Je viens d'arriver !

— Ça se voit, répondit Théo.

Dit autrement, cela aurait pu être vexant.

— Je sais..., répondit Max en baissant le regard.

— Ce n'est pas un reproche, mon ami. On est tous un peu à côté de nos pompes quand on débarque. Odile aussi est un peu chamboulée, n'est-ce pas, Odile ?

Théo avait dû élever la voix pour qu'elle l'entende.

— C'est un peu bouleversant quand même, répondit la vieille dame. Vous vous rendez compte. Il faut choisir son genre. C'est un réel dilemme !

— Pour moi aussi, c'est un calvaire. Je vous rassure. Vous ne lisiez pas beaucoup non plus ? l'interrogea Max.

La vieille dame ne semblait pas comprendre le sens de sa question.

— Évidemment que je lis. Que voulez-vous que je fasse à part lire ? Du tricot ? Du macramé ?

Et elle éclata d'un rire frais, communicatif, que Théo et Mme Schmidt partagèrent. Max, lui, hésitait. S'était-elle moquée de lui ou d'elle ? C'était une question que Max s'était souvent posée dans sa vie.

— Je vous prie de m'excuser, dit-elle. Je suis taquine. Mon Robert me le disait tout le temps : « Attends de connaître les gens pour faire des plaisanteries. » Mais je ne sais pas attendre. Alors vous imaginez ma tête quand on m'a expliqué que je devrai patienter jusqu'à ce que j'inspire un auteur.

Elle souffla.

— Oui, choisir son genre, c'est une sacrée histoire ! rétorqua Max sans être sûr que la vieille dame et lui se comprenaient bien.

— Mon problème, c'est que j'aime tout. Avec l'âge, encore plus.

Mme Schmidt, Théo et Max écoutaient la vieille dame en acquiesçant par courtoisie. Aucun d'eux ne savait véritablement ce qui se passait à son âge si avancé.

La grand-tante de Max avait perdu la tête quand il avait six ans. Elle habitait dans leur rue. Une veuve de guerre qui n'avait jamais eu d'enfant.

La première fois que sa mère en avait parlé, il avait imaginé son aïeule sans sa tête. Littéralement, avec la tête coupée. Il comprit vite que si sa tête était toujours sur son corps, c'était bien son esprit qu'elle avait égaré.

Elle avait oublié le prénom de Max et de son frère.

En quelques semaines, Max avait perdu, avec la tête de sa grand-tante, ses biscuits à la cannelle, son gâteau moelleux aux poires, et le droit de regarder « Goldorak » sur la petite télévision de la cuisine.

Elle avait fini sa vie à observer l'arbre à papillons qui était devant sa fenêtre.

En arrivant ici, dans l'au-delà, était-elle redevenue elle-même ? Max ne se rappelait pas avoir vu des livres chez elle, si ce n'est peut-être quelques opus de cuisine. Comment avait-elle pu choisir son genre ? Quel sens cela pouvait-il avoir pour elle ?

Mais Odile n'était pas la grand-tante de Max. Il s'agissait d'une femme qui possédait toutes ses facultés mentales, et bien d'autres encore, comme la curiosité.

— Avant que mon Robert ne meure, je lisais principalement des romans historiques. J'appréciais beaucoup Françoise Chandernagor.

— Une valeur sûre, s'exclama Théo comme s'il cherchait à faire la réclame de sa protégée.

— J'avais l'impression de me cultiver. J'aurais dû mourir à ce moment-là. Cela aurait été plus facile. Mais c'est mon Robert qui est mort… je me demande ce qu'il a pu choisir. Il lisait des policiers, parfois.

— Il n'y a pas toujours de lien entre les lectures de son vivant et le choix de l'arrivant, ajouta Théo.

— Il arrive que les gens se révèlent chez nous, qu'ils adoptent un genre surprenant pour leur âge, leur genre, leur culture, précisa Mme Schmidt.

— C'est peut-être ce qui va m'arriver, dit Odile en souriant.

La vieille dame se mit à frétiller.

— Ça va, Odile ? lui demanda Théo.

— J'ai besoin d'aller aux toilettes. C'est possible quand on est morte ?

— Tout à fait ! répondit son guide. C'est normal au début. De vieux réflexes. Comme les membres fantômes.

Devant les regards perplexes de Max et d'Odile, Théo explicita son propos.

— Je vous prie de m'excuser. Je suis mort pendant mon internat en neurologie. C'est ce que ressent, par exemple, un patient amputé d'un bras qui continue à percevoir des sensations douloureuses dans ses doigts.

On parle de « membre fantôme », car la partie du corps qui fait souffrir n'existe plus, mais elle hante le patient comme un fantôme.

Max caressa son bras gauche avec sa main droite. Par réflexe. Pour vérifier que tout était bien à sa place.

Mme Schmidt proposa à la vieille dame de la conduire aux toilettes. Même dans le royaume des morts, on ne pouvait pas baisser sa culotte partout, se dit Max.

— Théo, je te laisse Max quelques minutes. Prends-en soin !

— Évidemment, ma chère Mireille. Tu protèges ma protégée et je protège ton protégé.

16

Max et Théo se retrouvèrent tous les deux. Leur différence d'âge n'était pas si importante. Mais l'un à côté de l'autre, on leur aurait donné une génération d'écart.

Théo était un peu plus petit que Max, mais il se tenait naturellement plus droit, ce qui lui donnait une prestance qui faisait défaut à Max.

Max, lui, semblait écrasé par sa grandeur. Toute sa vie, il s'en était excusé. En fait, il s'était toujours excusé de tout. De ne pas avoir rejoint l'entreprise de peinture de son père. De ne pas avoir d'enfants comme Julie en rêvait. Et maintenant de ne pas avoir assez lu pour savoir ce qu'il aimait ou non.

À l'opposé, Théo transpirait la gaieté, celle des gens qui ont une vie épanouie, qui se réjouissent de ce qu'ils sont, de ce qu'ils font.

Théo parla en premier. Il était du style à tout faire en premier, ça se voyait. Il avait cette même assurance heureuse que son frère, Ben.

— Max, voulez-vous vous asseoir pendant que l'on attend nos dames ?

Max acquiesça. Théo le conduisit dans un recoin où la pelouse faisait place à un sol poussiéreux. De grands platanes cachaient un pavillon de couleur vert d'eau, typique des jardins public.

Quelques tables étaient déjà occupées par des couples étrangement assortis. Il remarqua immédiatement les hommes en gilet sans manches, certains avec des bérets, ainsi que des femmes vêtues de corsage en dentelle, enveloppées dans des capes et chapeautées.

Théo portait un T-shirt rayé bleu et blanc à manches longues et un pantalon de toile blanc. Il ressemblait à un canotier.

Max jeta un œil sur sa propre tenue, un costume cintré avec un foulard en guise de cravate.

Il ne fit aucun commentaire. Il chercha à comprendre, seul, comment il s'était retrouvé au début du XXe siècle. Cela devait être lié à ce kiosque. Il se souvenait d'un documentaire qu'il avait regardé dans l'avion pour Le Cap sur les bals à la Belle Époque qui se déroulaient au jardin du Luxembourg.

— Venez Max ! Ici, on sera au calme, lui dit Théo en lui montrant une table ronde en fer forgé, installée sous un tilleul magistral.

— Elles nous retrouveront ?

— Oui, ne vous inquiétez pas. C'est notre buvette.

Max était fasciné par leurs voisins de table. À sa gauche, deux hommes étaient en grande conversation. L'un, à la barbe touffue, aurait pu être Louis Pasteur. À leur droite, deux femmes endimanchées s'esclaffaient.

— Eux non plus, n'ont pas encore choisi ?

— À la table de gauche, en effet, ce sont des indécis. À la table de droite, là-bas, ce sont deux collègues qui se reposent avant leur nouvelle assignation.

— Comment se font les assignations ? Pour Mme Schmidt et moi, c'est lié au collège, mais pour vous et Odile ?

— Odile et moi, nous nous sommes croisés par le passé, à l'hôpital. J'y passais ma vie. C'était ma famille. Comme je n'en avais plus...

— Vous avez perdu vos parents ?

C'était une question personnelle qu'il n'aurait peut-être pas dû poser.

— À quinze ans... Mes parents et mes deux frères ont été assassinés par un groupuscule armé qui s'est introduit chez nous en pleine nuit. C'était pendant le génocide. Au Rwanda... J'ai réussi à me cacher avec ma petite sœur. J'ai fui avec elle par le Zaïre. On a eu la chance d'être accueillis par une famille française.

— La chance ?

Max s'était interrogé à voix haute. Il le regrettait déjà. Pourquoi ne pouvait-il s'empêcher ce genre de sortie ?

— C'était une chance. Celle de survivre. Celle d'être recueilli. Mais je comprends. Vous, vous imaginez le massacre, l'horreur, la peine de perdre les siens. Moi, je vois le sourire de ma petite sœur quand elle a vu la mer en Normandie pour la première fois, la patience de ma famille d'accueil, le bonheur de réussir le concours de médecine.

— C'est si injuste… Mourir si jeune. Il vous restait tant de choses à vivre, bredouilla Max qui pensait plus à sa propre situation qu'à celle de Théo.

— Pas si jeune. J'avais vingt-neuf ans… Je vais vous faire rire. Je sens que vous en avez besoin. J'ai survécu au génocide rwandais, au massacre dans ma propre maison… Et… je me suis électrocuté dans ma salle de bains !

— Électrocuté ?

— J'ai voulu changer une ampoule. Les pieds humides… J'ai survécu à une attaque de paramilitaires et non à une loi élémentaire de la physique, conclut Théo en riant.

— C'est horrible ! s'exclama Max. Vous avez dû vous en vouloir.

— Pourquoi ? Parce que j'ai fait une erreur ?

— C'était une sacrée erreur.

— La plus grosse que j'ai jamais commise !

Théo se remit à rire à gorge déployée.

— Vous savez positiver ! commenta Max, les yeux écarquillés.

— Quand on est médecin, on ne peut pas se permettre d'être trop perméable aux émotions. Et puis, vous comprenez qu'il ne faut pas trop se raccrocher à la justice.

— Pourquoi pas ?

— On voit des gosses mourir, souffrir… Il n'y a aucune justice là-dedans. On se doit de prendre de la distance. Et les patients, comme les indécis ici, ont plus besoin de joie que de pitié.

Max ne comprenait pas comment il pouvait plaisanter de cette mort si absurde. Sa légèreté l'agaçait, même.

— Mais vous n'avez pas eu envie de vous rebeller ? De hurler à l'injustice ?

— Et qu'est-ce que cela m'aurait apporté ?

— De vous libérer ! Vous survivez à un massacre. Vous vous relevez. Vous entamez une brillante carrière et hop ! Vous mourrez comme ça. Je dis que cela n'a pas de sens.

— Mourir jeune ou pas, cela n'a aucune importance. Ce n'est qu'une vue de l'esprit. Ce que l'on ne peut accomplir dans sa vie, on le réalise ici, puissance mille…

Max posa ses deux coudes sur la table. Ses mains jointes passèrent sous son menton pour le soutenir.

— Théo, j'ai une question… Comment fait-on pour devenir guide comme vous ?

Max interrogeait Théo sur la carrière de guide comme il aurait demandé à son conseiller d'orientation au lycée quelles études suivre pour devenir architecte ou comptable.

Pour la première fois, Théo semblait ennuyé. Il soupira.

— C'est une question difficile, Max. Je comprends que vous vous la posiez. Mais c'est trop tôt pour vous comme pour nous.

Max le regarda les yeux légèrement embués.

— Je ne veux pas vous forcer à révéler des secrets. Je suis désolé, Théo, bredouilla Max. Cette journée a été si difficile pour moi… Excusez-moi, je ne devrais pas dire cela après tout ce que vous avez subi.

— Vous n'avez pas à vous excuser, Max. Aucune réaction n'est plus juste qu'une autre. Aucun malheur n'est plus affreux qu'un autre. C'est terrible cette manière que l'on a de vouloir tout comparer. Mourir jeune serait pire que mourir âgé… Perdre sa maison pire que perdre son travail… Et si je suis musicien, est-ce que perdre l'ouïe serait pire que de perdre la vue ? Tous ces comptes d'apothicaires… Tout n'est que perception. Ici, chacun réagit comme il peut.

— Avant d'arriver, je n'avais jamais pensé à la mort, à ma mort.

— Et moi, j'y pensais tout le temps !

Max sourit timidement.

— Cet endroit, ce choix à faire… Il n'y a qu'un écrivain pour imaginer cette transition… grotesque ! argua Max tout en fixant un horizon imaginaire devant lui. Il faisait de la peine à voir.

— Personne ne le lirait. Trop dément ! plaisanta Théo.

Max se sentait mal, comme si à l'intérieur de lui, son cœur était devenu trop lourd à porter, qu'il écrasait ses autres organes. Il porta ses mains à la poitrine.

— Ça va, Max ? lui demanda Théo, visiblement préoccupé par son état.

— Je crois que mon cœur va lâcher… C'est possible de faire une crise cardiaque ?

Théo ne put réprimer un léger sourire.

— Vous en pensez quoi ? répondit-il.

Au regard du guide, Max comprit que l'on ne pouvait pas mourir dans la mort. Il se sentit stupide et s'en voulut. Il connaissait bien ce sentiment de ne pas se sentir *assez* : assez intelligent, assez cultivé. Il l'avait accompagné tout au long de ses études, puis quand il avait commencé à travailler au milieu de professionnels multidiplômés. Ce sentiment s'était un peu atténué avec le temps jusqu'à ce qu'il débarque ici.

— Je pense que ma question n'avait pas lieu d'être. Comme toutes mes questions, probablement, répondit Max d'un air résigné.

Théo s'approcha de lui et murmura :

— Pas toutes vos questions… Réfléchissez, Max. Qu'avons-nous, Mireille et moi, en commun ? Nous les guides…

17

Assis devant cette table, Max se concentrait. Il plissait ses yeux et fronçait ses sourcils.

— Vous, Théo, vous étiez médecin. Vous aidiez les gens malades…

Max tapota sur sa bouche avec son poing droit. Un geste réflexe quand il réfléchissait.

— Et Mme Schmidt était professeure de lettres. Être professeur, c'est accompagner des élèves, les aider à grandir. Et elle connaît tous les genres littéraires… C'est logique. Mais vous, vous avez fait médecine… Rien à voir avec la littérature. Vous êtes un homme jeune, et Mme Schmidt est une femme d'âge mûr… Ni l'âge, ni la profession exercée ne sont donc des critères de sélection.

— Vous étiez bien parti, Max, mais là vous refroidissez…

— J'étais bien parti en parlant de médecine, lettres… Attendez ! Je vais trouver… Aider ? Accompagner les gens ? C'est ça. Dans votre vie, vous avez accompagné des malades, et Mme Schmidt des élèves. Grâce à vous, ils ont progressé.

Théo posa sa main sur le bras droit de Max.

— Bien vu !... Ah, nos conquêtes arrivent !

Odile se tenait au bras de Mme Schmidt pour éviter de tomber. Max trouvait la mort sadique de ne pas permettre à la vieille femme de retrouver son équilibre. Les deux femmes aussi s'étaient métamorphosées. Elles étaient désormais gantées et portaient de ravissantes bottines en cuir marron. La taille fine de Mme Schmidt était mise en valeur par une longue jupe blanche agrémentée d'une large ceinture beige. Odile quant à elle arborait une robe verte aux manches bouffantes qui semblait taillée pour elle. Avec ses cheveux remontés en chignon, la vieille dame paraissait jaillir d'un livre d'image de la Belle Époque.

— J'étais sûre que vous vous cachiez là, s'exclama Mme Schmidt.

— Tu me connais si bien, ma chère Mireille, observa Théo. Vous voulez boire quelque chose, mesdames ?

— Volontiers, s'enthousiasma Mme Schmidt.

Odile s'assit mécaniquement sur la chaise que Théo avait été lui chercher.

— C'est fréquent de se retrouver à quatre, ainsi ? demanda Max en aparté à sa guide.

— Cela te dérange, Max ? demanda Mme Schmidt.

— Non, pas du tout. Odile et Théo sont très sympathiques.

Max l'avait dit assez fort pour que les deux autres l'entendent. Il voulait qu'ils sachent qu'il les aimait bien. Peut-être lui renverraient-ils le compliment.

Chacun se mit à son aise. Un léger avachissement pour Odile, un soupir pour Théo, un bâillement pour Mme Schmidt.

— Ce n'est pas par rapport à moi. Je me demandais juste si cela faisait partie du protocole. On croise peu de gens ici. Et là-bas, ils sont par deux, dit Max en montrant les tables un peu plus loin.

— Il n'y a pas de protocole, Max, lui répondit Mme Schmidt. Les protocoles, les processus, les méthodologies, on les confie aux vivants. Ça les rassure !

— Ou ça les torture, paracheva Théo.

— Ça va être dur pour moi, soupira Max. Les *process*, c'est toute ma vie.

Il se tourna vers Théo et Odile pour leur expliquer.

— Je supervisais la sécurité dans un groupe minier. Les listes à cocher, les points à vérifier, les actions correctives, les axes d'amélioration, c'est toute ma vie.

Max visualisa des diagrammes, des graphiques, des schémas autour de lui.

Ils laissèrent place à des flashs provenant de sa dernière journée de travail puis de son trajet pour rentrer chez lui. Il faisait nuit. Il s'était mis à pleuvoir, puis à grêler.

On n'y voyait pas à cinq mètres.

Devant lui, le camion patina et se renversa sur son flanc.

Il lui barra la route. Max pila.

Le crissement des freins, le silence, la tôle froissée, le silence, des cris, le silence, d'autres crissements de freins, le silence, le tintement de la pluie, le silence.

Ce silence qui revenait l'assourdissait. Il se sentait enfermé dans une bulle, comme lorsque l'on met la tête sous l'eau dans son bain et que l'on ouvre les yeux.

Puis les sirènes, l'hôpital et la mort.

Il releva la tête brusquement comme pour reprendre sa respiration. Ses trois compagnons l'observaient. Mme Schmidt secouait le bras droit de Max avec véhémence.

— Ah, Max, tu es revenu à toi !

18

Max était revenu à lui, mais sans être tout à fait lui.

Il venait de revivre en vitesse accélérée l'accident. L'humidité, l'obscurité, le chaos.

Tout était réapparu sauf le moment où il avait quitté le monde des vivants. Il était directement arrivé dans ce hall où le type au képi répartissait les arrivants.

Au fait, comment s'appelait ce lieu ? Ce moment ? Quand on n'est plus qu'une âme, où vit-on ?

Une chose était sûre : ce n'était pas le paradis.

— Est-ce le purgatoire ici ? demanda Max.

— On vient de commander...

Théo avait commencé sa phrase en même temps que celle de Max.

Les deux guides éclatèrent de rire.

Théo allait lui annoncer qu'ils avaient opté pour une bouteille de petit chablis. Un peu d'alcool les détendrait. Et Odile raffolait du vin blanc.

Ils riaient de bon cœur, sans se moquer de lui. Ils s'amusaient de la situation, de ce décalage.

Un homme d'une soixantaine d'années en tenue de garçon de café, au torchon accroché à sa ceinture, arriva avec un plateau rond sur lequel étaient posés quatre verres ballon et une bouteille.

Max observait la scène. Il était là, mais il se sentait absent. Comme si un autre que lui vivait ce moment.

Mme Schmidt sembla saisir la gravité de la situation.

— Max ! Reviens ! dit-elle en secouant son bras. Tu es en train de partir en dissociation. C'est un symptôme classique. Quand il est trop difficile de soutenir la réalité, on s'évade. Cela arrive souvent quand on est vivant. Mais quand on est mort, c'est un piège terrible pour l'âme. Une sorte d'endormissement. Dans ce cas-là, tu n'arriveras pas à inspirer un auteur. Car il ne te sentira pas. Et personne ne pourra venir te chercher. Une noyade éternelle…

Max fixait les grands yeux de Mme Schmidt. Elle avait de longs cils. Sa bouche était si pulpeuse… comme ces bonbons caoutchouteux en forme de bouche rose et blanche qu'il mangeait enfant.

Il s'avança vers elle comme pour la croquer. Elle le repoussa.

— Il faut vous reprendre, mon ami. Vous n'avez pas beaucoup de temps, lui dit Théo en le rattrapant.

Max se mit à pleurer.

— On n'a jamais le temps de rien ! dit-il comme un enfant de six ans qui venait d'entrer en primaire et découvrait les devoirs après l'école. On doit toujours courir, se lever le matin, aller au travail, faire les devoirs, répondre aux messages, s'entraîner au piano, sortir les poubelles, dormir de bonne heure... Je n'en peux plus.

Max sanglotait. Odile lui prit la main.

— Allez, mon petit Max. Pleurez. Beaucoup, mais une seule fois. Promis ?

— Promis.

Odile jeta un regard complice à Théo et Mme Schmidt.

— Je suis grand-mère cinq fois et arrière-grand-mère deux fois. Les gamins, ça me connaît !

— C'est sûr que vous savez vous y prendre, lui glissa Théo dans l'oreille.

Les pleurs de Max ne se limitaient pas à des larmes coulant doucement le long de son visage. À ses pieds, une flaque d'eau s'était formée.

Il se leva d'un coup. Apeuré, il arrêta de pleurer.

— Qu'est-ce que c'est ? cria Max.

— La magie des émotions, commenta Mme Schmidt s'adressant tant à Odile qu'à Max.

— Ici, vous n'êtes pas au purgatoire. Vous êtes à l'inspiratoire. Vos émotions prennent petit à petit vie, littéralement, comme dans un roman. Max, à quoi pensais-tu quand tu pleurais ?

— J'ai pensé à mon père qui disait de ma mère qu'elle pleurait comme une fontaine, répondit-il sans quitter la flaque d'eau des yeux.

— Ton esprit a fait un lien métaphorique. Cela t'a transformé en fontaine.

Max se demanda s'il avait bien entendu son ancienne professeure.

— C'est ce qui se passera après, continua Théo en se tournant vers Odile, une fois que vous aurez choisi votre genre, que vous serez en situation d'inspirer votre auteur. Évidemment, vous n'en aurez plus conscience. Vous appartiendrez à l'œuvre.

Max avait la sensation d'être le seul être sain d'esprit parmi les fous. Mais les fous qui se tenaient en face de lui paraissaient si sensés.

Le sérieux de leur raisonnement l'effrayait. Ce qui l'amenait à se demander si ce n'était pas lui qui souffrait de troubles mentaux. Mais dans ce cas, que voulait dire la folie ? Tout était peut-être inversé. Ce que l'on considérait comme normal ne l'était pas, et réciproquement.

Comme dans ce vieux film *Le Fantôme de la liberté* de Luis Buñuel que Brune lui avait fait découvrir entre deux répétitions de *Cyrano de Bergerac*.

Une scène l'avait marqué : des gens déféquaient ensemble autour d'une grande table de salle à manger. Puis ils s'isolaient, penauds, pour aller se nourrir dans une pièce aussi étroite que des toilettes. Dans ce monde inversé, on avait honte de manger en public, mais pas d'y baisser son pantalon.

Ici, il ressentait la même incongruité.

Tout cela ne pouvait qu'être le fruit d'hallucinations. Il devait se trouver dans un asile psychiatrique.

L'idée d'être entouré de « barjos », comme aurait dit son père, d'en être un, était insupportable à Max.

Il eut soudain la sensation que le ciel s'empourprait de sang et qu'une silhouette hurlante, terrorisée s'avançait vers lui. Un visage mortifère aux yeux écarquillés dont les hurlements restaient prisonniers du silence.

Ou plutôt de la toile.

Le Cri, se rappela Max. C'était le titre de ce tableau. M. Blaming, le professeur de dessin, le leur avait fait étudier. Max ne se souvenait que du nom de l'artiste, Munch, et non de son prénom. Ils en avaient plaisanté avec les copains : « Il était *too munch*, ce tableau. »

Le peintre était hanté par la mort et souffrait de dépression et d'hallucinations. Son œuvre exprimait son mal-être, d'après M. Blaming.

Cette peinture représentait désormais aussi le mal-être de Max qui, à ce moment-là, n'avait jamais été aussi intense. C'était lui, le mort qui criait sans pouvoir être entendu.

Alors Max fit ce que toute personne prise de panique aurait fait à sa place. Il se mit à hurler. Comme si son propre cri pouvait le réveiller, le sortir de lui-même et de cette situation.

Cela ne changea rien pour Max, même quand il se mit à allier le geste à la parole en montant sur sa chaise.

— De l'utilité de se préparer à la mort..., confia Théo à Odile.

Mme Schmidt acquiesça, visiblement ennuyée de voir son protégé se métamorphoser en un King Kong désemparé.

Odile semblait dépassée par la scène.

— Je suis désolée, Odile, que vous assistiez à cela... C'est rare, se justifia Théo.

— Pourquoi est-il dans cet état ?

Max venait de sauter de sa chaise et s'était mis à courir entre les tables en braillant : « Je suis vrai. »

Les autres clients de la buvette assis demeuraient impassibles.

— Cela va m'arriver ? poursuivit Odile, perplexe.

— Je ne vous vois pas comme une femme qui grimpe aux arbres, s'amusa Théo en regardant Max en pleine acrobatie, la tête à l'envers dans le platane.

— Vous, Odile, vous vous étiez préparée à la mort, lui dit Mme Schmidt. Et ça se voit.

19

— Parce que je suis vieille, je me suis mieux préparée à la mort que Max, c'est cela ? questionna Odile en plissant ses petits yeux.

— Ce n'est pas une question d'âge, Odile, répondit Mme Schmidt. Regardez Théo ou moi, nous sommes décédés jeunes. Moi de maladie. Théo de…

— Bêtise, dit-il en souriant. Je me suis électrocuté dans ma salle de bains.

Il regarda ses pieds en faisant une moue de clown triste.

— Mon pauvre ! Quelle horreur ! s'écria Odile.

— Mais j'ai fait ça proprement. Un bon petit poulet grillé ! plaisanta-t-il.

— Aucun doute, mon petit Théo. Vous n'êtes pas du genre à faire les choses à moitié…, renchérit la vieille dame qui ne semblait pas troublée outre mesure par la nonchalance de son guide. Alors si ce n'est l'âge, comment se prépare-t-on ?

Max arriva à cet instant. Sa chemise collait à son torse imberbe tant il avait transpiré. Des mèches de ses cheveux trempés créaient une frange sur son front devenu écarlate comme tout son visage.

Il avait du mal à reprendre son souffle.

Mme Schmidt lui tendit un verre de vin blanc et lui fit signe de s'asseoir. Max prit le verre et s'assit. Il boudait comme un enfant que l'on empêche de courir dans les allées d'un magasin de jouets.

Si Max se comportait en enfant depuis son arrivée, c'était bien qu'il se sentait comme tel, dans cet univers inconnu. Le changement de décors et d'apparences s'apparentait à des jeux d'enfants, en partie. Mais ces souvenirs qui s'imposaient à lui, relevaient plus d'un mauvais rêve. Et ces conversations sur la mort lui paraissaient bien sérieuses.

Mis à part un regard du coin de l'œil, Mme Schmidt ne sembla pas prêter attention à son attitude revêche. Elle continua sa conversation.

— Chacun d'entre nous se prépare à la mort à sa façon. Soyons clairs : se préparer ne veut pas dire se résigner. Mourir quand on est vivant, c'est un concept angoissant. C'est l'inconnu. Ne pas savoir ce qui se passera, dit-elle.

— Moi, j'étais plus attristée qu'angoissée. Ne plus voir ceux que j'aime, c'était un tel déchirement, précisa la vieille dame.

— Dans ma situation, en phase terminale d'un cancer, ma seule inquiétude, c'était la souffrance physique, renchérit Mme Schmidt. Elle était si intense. Je pensais qu'elle me suivrait jusque dans l'au-delà.

— Et pour moi, la mort, c'était la violence. Un arrachement à la vie, aux miens, ajouta Théo.

Max se trémoussait sur sa chaise pour attirer l'attention, tout en évitant les regards de ses compères.

Mme Schmidt gardait un œil sur lui. Elle était tout de même son guide et n'oubliait pas sa mission.

— Nous avons chacun d'entre nous, de notre vivant, projetés des images de la mort, expliqua-t-elle. Nous y avons pensé, parfois l'avons expérimenté par le biais de nos proches.

Son premier deuil, Max l'avait vécu à dix ans. « Grand-tante nous a quittés », c'est ce que sa mère avait dit alors que son frère et lui étaient en pleine bagarre dans leur chambre.

Après l'enterrement où les enfants n'avaient pas eu le droit d'aller, les plus proches s'étaient retrouvés chez les parents de Max.

Max et son frère promenaient entre les adultes des assiettes de gâteaux secs. Ils étaient aux premières loges pour capter tous les commentaires : « Ce n'était plus une vie », « elle n'était plus elle-même », « elle est mieux où elle est ».

Du haut de ses dix ans, Max s'était interrogé sur ce que cela voulait dire. Si elle n'était plus elle-même, qui était-elle ? Comment pouvaient-ils savoir si elle était mieux où elle était ? Et puis, où était-elle ?

Il s'en était épanché auprès de sa grand-mère.

— Elle est au Ciel, mon chéri. Dieu l'a rappelée à Lui. C'est tout ce qui compte.

Max l'avait regardée avec pitié et embarras. Il lui avait tendu les biscuits et s'était enfui au courant. Il s'était enfermé dans sa chambre et avait regardé le ciel depuis sa fenêtre. C'était impossible que tous les morts depuis la nuit des temps y soient. Ça se verrait, se disait-il !

Dix ans plus tard, ce fut au tour de sa mère de mourir. À un âge où l'on ne s'y attend pas.

À l'époque, il était étudiant. Il logeait dans une chambre de bonne, dans un immeuble de fond de cour. Il se souvenait de la concierge qui avait gravi les six étages à vive allure. Elle ne pouvait plus respirer, la pauvre femme.

— Max, ton père au téléphone. Je crois que c'est important.

En deux ans, le père de Max ne l'avait jamais appelé. Sa mère, elle, prenait de ses nouvelles une fois par mois et pour son anniversaire. Cela ne pouvait donc être qu'important.

Au ton de la voix de son père, il avait compris qu'un drame s'était produit.

Il avait eu envie de hurler. Il ne l'avait pas fait. Il n'aurait pas osé, de toute façon.

Aux funérailles, chacun y alla de sa remarque qui se voulait réconfortante : « Quelle injustice ! », « une femme si gentille », « morte dans la force de l'âge ».

Le soulagement qu'ils avaient éprouvé au décès de sa grand-tante avait fait place pour sa mère à la tristesse, à l'indignation et au désarroi. Cela s'apparentait à ce qu'il ressentait maintenant, par rapport à sa propre mort qui lui semblait aussi imprévisible qu'injuste.

Chaque mort, selon les circonstances, entraînait des réactions différentes. C'était ce qu'il avait constaté. Et ici aussi, chacun vivait sa propre mort à sa façon.

Il observait Odile, pleine d'entrain, impliquée dans la conversation. Ces guides si détachés. Et lui, si désespéré.

Max se tourna vers Mme Schmidt pour mieux l'entendre tout en cherchant à l'ignorer.

— En ce qui me concerne, j'avoue que j'ai pris conscience de la mort quand j'ai été malade. Cela me taraudait nuit et jour. J'étais en soins palliatifs au septième étage d'un grand hôpital moderne. Un mouroir qui ne dit pas son nom. J'envisageais toutes les possibilités : le néant, le paradis, la réincarnation.

Max souffla bruyamment.

— Moi, je savais que la mort viendrait me chercher, mais j'espérais qu'elle m'oublierait, plaisanta Odile.

— Vous y pensiez tout de même ? demanda Théo.

— Évidemment. J'ai enterré mes deux sœurs, trois cousins, sans omettre les amis et les voisins, et bien sûr mon Robert. Le problème, quand on vieillit, c'est que l'on perd ses amis. J'ai quand même quatre-vingt-dix-huit ans.

— Vous ne les faites pas ! s'exclama Max qui semblait, petit à petit, revenir à lui.

— Merci, rougit Odile. J'ai toujours plus pensé à la mort des autres qu'à la mienne. J'ai cru que la mort m'avait oubliée jusqu'au jour où j'ai senti qu'elle arrivait. J'ai convoqué toute la famille : enfants, petits-enfants, arrière-petits-enfants. On a bu du champagne et mangé des petits-fours. J'ai toujours adoré cela. J'ai trinqué avec chacun. Je suis morte dans la nuit.

— C'est une belle mort, commenta Max.

— C'est ce que je pense aussi, sourit Odile. Ma vie n'a pas toujours été facile. Mes parents sont partis jeunes. Nous étions pauvres. Mais j'ai connu l'amour des miens.

Odile se désaltéra. Et chacun en profita pour boire un peu, comme un quatuor qui s'accordait. Toutefois, aucun ne se regardait dans les yeux. Comme si leurs pensées les plus intimes pouvaient se réfléchir dans les yeux des autres.

— Moi, j'ai vécu avec la mort, dit Théo. Celle de ma famille. Puis celle d'inconnus à l'hôpital. Je savais dans ma chair qu'elle pouvait nous saisir à chaque instant.

— Théo, toi, tu avais bien compris l'impermanence dont parlent tant les bouddhistes, commenta Mme Schmidt.

— Les bouddhistes, ils ont capturé dans leurs écrits ce que seule la vieillesse apprend..., ajouta Odile. À mon âge, on sait que rien ne dure, que tout change tout le temps. Bravo Théo. Vous avez été vieux avant l'heure !

— Mais je n'étais pas dans les starting-blocks pour mourir, je vous rassure, plaisanta Théo.

— Moi non plus, murmura Max.

Tous se tournèrent vers Max, surpris de cette soudaine intervention.

— Je croyais avoir la vie devant moi, poursuivit-il. Julie m'avait pourtant prévenu.

20

Max se remémorait avec précision cette conversation.

Ils venaient de dîner Chez Hanna dans le Marais.

C'était un 4 juillet. Il s'en souvenait car à côté d'eux, deux couples d'Américains célébraient leur fête nationale. Les tables étaient si rapprochées les unes des autres que Max et Julie auraient pu participer à leur conversation s'ils l'avaient désiré.

Max était toujours subjugué par cette capacité des Américains à parler fort, très fort même, sans se préoccuper de la gêne qu'ils occasionnaient. Ils s'imposaient en étant eux-mêmes.

Max les admirait pour cela. Pour autant, il se sentait agressé par leur volume sonore.

— On bouge ? avait-il proposé à Julie. Une glace Berthillon, dans ce café qui donne sur la place des Vosges ?

— En espérant que ce sera plus calme, avait-elle répondu, montrant avec ses mains que sa tête allait exploser.

En sortant du restaurant, ils tournèrent à gauche et empruntèrent la rue des Rosiers.

La voie piétonne était encore embouteillée par les files d'attente aux comptoirs à falafels et par les étudiants assis sur les marches des vitrines des boutiques de vêtements.

Un jeune homme, compressé contre un mur, jouait à la guitare des reprises de The Smiths. Max se sentait rajeunir à chaque fois qu'il les entendait. Il aurait presque pu se mettre à danser dans la rue, surtout sur « This Charming Man ». Il refréna son enthousiasme. Il témoigna toutefois son plaisir en ajoutant une pièce dans le chapeau posé aux pieds du chanteur.

Quand il se releva, Julie se tenait devant une plaque commémorant les victimes de l'attentat du restaurant Jo Goldenberg.

Max avait posé la main sur son épaule.

— On y va ? lui avait-il demandé.

— Tu te rends compte ? Ces gens allaient dîner comme nous. Et ils en sont morts.

Sa voix tremblait. Son émotion paraissait quelque peu excessive.

— C'était à l'heure du déjeuner, et non du dîner, il me semble, plaisanta Max pour détendre l'atmosphère. Au moins ils ne sont pas morts empoisonnés par le chef.

— Ce n'est pas drôle, Max. Tu sais très bien ce que je voulais dire. Un jour, on est en vie, on mange un *shawara*, on pense qu'on a le temps, et l'instant d'après, on est mort avant d'avoir fini son *baklava*.

— Là, clairement c'est le sucre qui t'a tuée !

Julie donna un coup de coude à Max. Elle refusait qu'il tourne cette discussion en dérision.

— Ça ne t'angoisse pas ?

Max n'eut pas le temps de répondre. Julie poursuivit, cherchant un autre angle d'attaque.

— Moi beaucoup... C'est important d'envisager sa mort. Au moins pour ceux qui restent. Par exemple, tu veux donner tes organes ?

— Pourquoi pas.

— Ce n'est pas très satisfaisant comme réponse. C'est oui ou c'est non ? Pour moi, c'est un oui franc.

— Oui chef ! scanda Max, la main au garde-à-vous.

Elle lui rabaissa le bras d'un geste autoritaire.

— J'ai besoin que l'on en parle. Imagine. Je fais un AVC, on se fait tirer dessus ou j'ai un accident de voiture. Je me retrouve en état végétatif. Tu me laisses en vie ? Tu sollicites l'arrêt des traitements ?

Julie chercha Max du regard. Il était ailleurs.

Cette conversation avait ravivé de vieilles blessures.

La mère de Max avait perdu la vie dans un accident, ou plutôt une catastrophe. Un homme avait perdu le contrôle de son véhicule sur la place du marché alors qu'elle était en train de faire ses courses chez le primeur. Sa mère n'avait pu l'éviter. Elle était morte quelques heures plus tard. Tout comme le conducteur.

Ce jour-là, Max avait compris que le risque était partout, tout le temps, et qu'un au revoir pouvait cacher un adieu.

Loin de l'aider à se préparer à sa propre mort, cette tragédie avait rendu Max encore plus allergique à toute discussion sur le sujet.

Julie enchaîna avec une autre question.

— Tu veux être incinéré ?

— Cela m'est égal. Les morts font assez de mal comme cela en partant. Ils ne vont pas en plus dicter à ceux qui restent leur manière d'agir.

Le regard de Max s'était embué. Julie lui avait pris la main et l'avait embrassé sur la joue en murmurant :

— Je suis désolée. Je comprends que cela t'attriste. Mais il faudra en parler un jour.

— Un jour… Mais pas maintenant s'il te plaît.

Ils n'en avaient jamais reparlé. Qu'avait fait Julie quand elle avait appris la mort de Max ?

Le souvenir de la douceur de cette soirée d'été, des odeurs d'épices des pâtisseries yiddish, de Julie qui avait niché sa tête dans son cou le rendait fort mélancolique.

Il avait presque oublié où il était. Ses voisins de table étaient restés suspendus à ses dernières paroles. Il se remit à parler comme si de rien n'était, comme une boîte à musique dont on aurait remonté le mécanisme.

— J'étais cynique. Julie voulait connaître mes dernières volontés. Je pensais que les cimetières comme les enterrements avaient été créés pour les vivants.

— Moi, je ne voulais pas que les enfants se chargent des détails macabres. J'ai tout planifié jusqu'au choix du cercueil, expliqua Odile.

— En fait, je ne pensais pas qu'il était possible que je meure..., dit Max. Je croyais avoir le temps.

Il s'essuya le nez avec sa manche.

Mme Schmidt se pencha vers Max, perturbée par ses dernières paroles.

— Tu te croyais immortel ?

— Ce que je voulais dire, c'est que je n'imaginais pas ma mort. Et je me disais que je redeviendrais poussière, tranquille dans le néant. L'âme avec. Et non que je serais ici avec vous en train de gloser sur la littérature, l'au-delà… J'étais si naïf. Je croyais que la mort serait plus facile que la vie !

Odile remarqua l'embarras des deux guides face à la détresse de ce nouvel arrivant. Cela lui rappelait Henri, son plus jeune frère au retour de la guerre d'Algérie. Totalement abasourdi. Il traînait son égarement dans le monde. Tout lui semblait irréel. Les camarades morts sur le front. La vie à la maison identique et différente à la fois, alors que lui, il n'était plus le même. Ses nuits en avaient à jamais été marquées.

— Pour ceux qui sont croyants, le choc doit être rude, non ? interrogea Odile. S'attendre au purgatoire, au paradis, au Jugement dernier et arriver ici…

— Vous ne savez pas à quel point ! affirma Théo. Pour les plus spirituels, c'est très difficile. L'excès de préparation, de projection nuit. Personne n'envisage que son Dieu puisse aussi bien être un apprenti écrivain qu'un Victor Hugo.

Max avait une grand-mère qui était une fervente croyante.

La vie, pour elle, se résumait en une somme de péchés à expier, à confesser.

Elle avait vécu dans des conditions difficiles, connu l'exode de 1940. Elle avait traversé ces épreuves avec la conviction qu'elles ne lui ouvriraient que plus facilement les portes du paradis.

Elle n'était pas encore décédée. Il valait mieux pour elle. Il n'osait imaginer sa déception.

— Mais je ne nierai pas l'utilité des religions, compléta Mme Schmidt. Elles préparent leurs adeptes à l'idée d'une vie après la mort. On remarque que ceux qui pensaient à la mort de leur vivant, qui s'interrogeaient sur ce sujet, supportent mieux leur arrivée chez nous. Comme si avoir conscience de sa propre mortalité permettait de mieux s'ouvrir à cet univers, celui des possibles, de l'imaginaire.

Et elle ouvrit grand les bras comme une actrice de théâtre.

— Sans oublier que l'idée d'une vie future motive les gens à bien se comporter dans le monde, ajouta Théo. Si les gens craignaient plus les divinités, ils massacreraient peut-être un peu moins les ressources que mère Nature leur a offertes.

— Enfin, là on est mort. On s'en fout de la planète ! s'agaça Max.

— Sauf que tu y as encore des êtres chers et que depuis ici, tu peux faire bouger les consciences, répliqua Mme Schmidt. Comme Victor Hugo avec *Les Misérables* ou Voltaire avec *Candide*...

— Ou Émile Zola, compléta Odile.

Max avait découvert Zola au lycée. Il avait lu *Germinal* avec exaltation. C'était grâce à ce roman qu'il s'était intéressé à l'histoire de son grand-père. Ou peut-être l'inverse.

Captivé, il avait soutenu ces ouvriers dans leur grève aspirant à une société plus juste, comme son aïeul. Mais

Max n'acceptait pas le sabotage de la mine par l'anarchiste, Souvarine, entraînant l'effondrement des galeries, tuant des ouvriers.

Sur sa copie d'examen, il avait résumé ses impressions ainsi : « J'honore la justice. Je honnis l'extrémisme. »

Il était certain d'une chose. Il ne s'imaginait pas dans un roman naturaliste. Ce côté observateur de l'auteur qui décrit la rugosité des conditions sociales de son époque ne le tentait pas du tout.

Il ne voyait vraiment aucun genre qui lui correspondait.

— Au moins, vous, Odile, vous hésitez. Moi, même pas, dit Max frissonnant, la faute à sa chemise détrempée.

Mme Schmidt se tourna vers la vieille dame.

— Odile, vous nous avez parlé des romans historiques. D'autres possibilités ?

— Vous savez... ma petite-fille, Lily, un amour, elle venait me voir tous les mercredis. Elle lisait des romans d'amour, pas des vieilleries mollassonnes. Des histoires... osées... très osées... Évidemment, elle n'a rien dit à son père. Mon fils est tellement vieux jeu !

21

Ni Max, ni les guides, ne comprirent le lien entre la petite-fille et les histoires « osées ».

Ils se regardèrent sceptiques, attendant la suite de ce qui semblait être pour la vieille dame une confession.

— Le premier roman qu'elle m'ait prêté, c'était *Cinquante Nuances de Grey*..., dit Odile en rougissant. C'est l'histoire d'une jeune fille brillante qui tombe amoureuse d'un milliardaire qui a des mœurs...

Elle cherchait ses mots. Ce n'était pas en raison d'une quelconque sénilité. Elle ne savait tout simplement pas comment qualifier son sujet.

— Inhabituelles ? compléta Mme Schmidt.

— Effectivement, répondit la vieille dame en souriant à Mme Schmidt. C'est exactement cela : une histoire d'amour inhabituelle...

— Assez visuelle également..., ajouta Mme Schmidt pour lui faire comprendre qu'elle savait de quoi elle parlait.

— Ça vous dépoussière ! s'exclama Odile. Ils sont sacrément équipés les amoureux d'aujourd'hui.

Théo, amusé, souriait. Max se mit à rougir. Il ne connaissait pas ce livre, mais l'association des mots – amoureux, inhabituel et équipé – le mit mal à l'aise.

Max n'était pas prude, mais chez lui, on ne parlait pas de ces choses-là.

— Vous l'avez lu ? demanda Odile à Mme Schmidt.

— Oui, je lis de tout. Cela fait partie de mon rôle. Je dois être au courant des tendances. Cette saga érotique a connu un immense succès, dit Mme Schmidt en se tournant vers Max et Théo.

— C'est un peu comme un téléfilm de deuxième partie de soirée, je suppose. Mal écrit et mal joué, ça aide à s'endormir, commenta Max à haute voix, regrettant instantanément ce qu'il avait espéré être un trait d'esprit.

Max s'était cru malin. Il avait imaginé qu'ici, dans le monde des morts, on se moquait de la littérature « facile » et qu'il créerait ainsi une certaine connivence intellectuelle avec les guides.

Devant la mine honteuse de la vieille dame, il se sentit petit, ridicule même.

Le regard baissé, elle repensait à cette intrigue cousue de fil blanc.

Cela ne l'avait pas empêchée de prendre du plaisir à lire cette trilogie, puis d'autres similaires. Elle avait ri, pleuré, aimé. Mais elle en éprouvait de la honte, malgré son âge ou à cause de son âge.

Mme Schmidt fustigea Max du regard.

— Je ne suis pas sûre de comprendre ta remarque, Max, répondit Mme Schmidt sèchement. Ici, il n'y a pas de petites œuvres, de petits auteurs ou de petits lecteurs. Il n'y a que des auteurs et des lecteurs. Et plus un auteur comble des lecteurs, plus notre travail a du sens.

Mme Schmidt prit la main d'Odile.

— Quel que soit votre choix, vous y serez à votre place, lui dit-elle. Vous ne pourrez être qu'une magnifique source d'inspiration. N'importe quel auteur se battra pour vous avoir !

Elle lui fit un clin d'œil qui scella leur complicité.

Max donna un coup de pied par terre dans la poussière qui fit se retourner ses acolytes. Il releva la tête, gêné. Un sourire crispé de petit garçon pris en faute se dessina sur son visage.

La vérité, c'était que Max était vexé. De lui, d'abord, et de sa remarque inappropriée et désobligeante sur la qualité des lectures d'Odile. Du commentaire de Mme Schmidt, ensuite. Elle avait été beaucoup plus encourageante avec la vieille dame qu'avec lui. Elle ne lui avait pas dit que n'importe quel auteur se battrait pour lui. À l'inverse, elle l'avait menacé de finir en extrait de poésie dans le métro ou pire, en farce.

Odile était ragaillardie, à l'inverse de Max.

Lui aussi, il aurait aimé osciller entre deux genres qu'il adorait. Comme il n'aimait rien de particulier, il ne savait même pas entre quoi hésiter et c'était bien plus déprimant.

— Et si, au lieu de devenir un personnage de fiction, je devenais guide comme vous ? demanda-t-il.

22

La gorgée que Mme Schmidt venait de boire l'étouffa. Elle se frappa la poitrine de sa main gauche.

Mme Schmidt ne s'attendait pas à ce que Max ait une telle ambition.

— Il faut bien des gens qui se dévouent, non ? Pourquoi pas moi ? renchérit-il.

Théo regarda Mme Schmidt. C'était le moment de calmer la curiosité de leurs indécis, en particulier celle de Max. Eux aussi s'étaient posé des questions.

— Max, on ne décide pas d'être guide. On est choisi, répondit Mme Schmidt.

— Comment ? demanda Max.

— On a tous en commun d'avoir été indécis pour des raisons différentes, lui répondit Théo. Blocage psychique ou littéraire. Trop lu ou trop peu. Hésitant entre plusieurs genres comme Odile ou totalement perplexe, comme vous, mon cher Max.

— Et vous deux ? s'enquit Max.

Mme Schmidt et Théo regardèrent par terre. Ils n'en diraient pas plus. Enfin pas maintenant.

— En principe, l'indécis qui ne se décide pas à la fin de sa journée est conduit d'office à une salle d'attente, résuma Théo. Cela évite une totale désuétude des genres.

— Mme Schmidt me l'a expliqué, le coupa Max. Et vous, alors ?

Les deux guides se regardèrent, complices.

— Une place de guide s'est libérée et on nous l'a proposée, dit Théo.

— Et « on » publie l'annonce sur Internet ? se moqua Max.

— Internet pour les morts est à inventer, mon cher Max !

— Touché ! répliqua Max. Mais il y a bien des critères de sélection…

— En premier, avoir envie d'être guide, répondit son ancienne professeure.

— Évidemment, releva Max.

— C'est parfois bien plus pesant que vous, les nouveaux, vous l'imaginez, poursuivit-elle. Car cela implique de conserver la pleine conscience de sa vie antérieure sans jamais la retrouver.

— Comme d'être vivante, alors que toutes ses copines sont mortes ? demanda Odile.

— Pire ! s'exclama Théo. Imaginez-vous assoiffée en plein désert. Maintenant vous mettez votre dernière pièce dans un distributeur de boissons. La bouteille d'eau se retrouve bloquée en pleine descente. On a beau secouer la machine, rien ne tombe.

— Ça sent le vécu, blagua Max.

— Ça sent les heures de garde à l'hôpital ! renchérit Théo.

L'heure n'était toutefois pas aux traits d'humour, comme le ton professoral de Mme Schmidt le leur signala.

— Ensuite, il faut avoir envie d'aider les autres, comprendre ce par quoi ils sont en train de passer, dit-elle.

— J'en étais sûr, maugréa Max.

Il donna une nouvelle fois un coup de pied au sol.

— Je n'ai aucune chance. Je n'étais ni prof, ni médecin, ni pompier.

— Pas du tout, Max, répondit Mme Schmidt. Ce n'est pas une question de profession ou de diplômes. C'est l'âme qui est ici jugée.

Max haussa les épaules. La bonté, il ne l'avait pas assez vue pour y accorder du crédit.

— Et vous faites cela toute votre vie ? s'interrogea Odile.

Les trois autres se regardèrent. De quelle vie parlait-elle ?

— Je voulais dire pour un temps limité ? précisa Odile qui avait rougi de sa bévue.

— Si vous tenez vos objectifs, vous vous réincarnez sur terre ? poursuivit Max.

— Non. Jamais. La vie n'existe plus pour nous, répondit Mme Schmidt d'un air entendu.

— Quand on sent que c'est le moment pour nous, on peut rejoindre la salle d'attente d'un genre, compléta Théo.

— Soyons clairs, reprit la professeure. Notre indécision n'est pas le moteur de notre sélection.

Max opinait du chef. Il voyait là une porte de sortie potentielle. Mais sa nature prudente reprit le dessus.

— Il y a des inconvénients à être guide ? demanda-t-il. À part se souvenir de sa vie passée ?

— Quand on devient personnage de roman, la vie d'avant s'efface, et avec elle, son lot de regrets, de tristesse et de nostalgie. Une nouvelle page s'écrit littéralement. En étant guide, on conserve sa personnalité.

— Je dirais même qu'elle se décuple, précisa Théo. Il vaut mieux ne pas être dépressif.

— En principe, ce type de profils n'est pas retenu, ajouta Mme Schmidt.

— Certains trichent. Mireille, tu te souviens de Joseph ? demanda Théo.

— Un ancien psy, expliqua Mme Schmidt. Il pensait trouver un accès pour retourner sur terre en devenant guide.

Max imaginait ce pauvre diable, courant dans tous les coins, cherchant une porte dérobée dans le tronc d'un arbre, escaladant un toit pour trouver une lucarne dans le ciel.

Aucun toboggan, escalier, ascenseur ne les ramènerait donc sur terre.

Max s'aperçut également qu'il imaginait ce monde physiquement au-dessus des vivants. Et s'il était en dessous ou sur une autre planète ?

La voix grave et réjouie de Théo le sortit de ses égarements.

— Au bout d'une semaine de travail, Joseph n'en pouvait plus. Accompagner les indécis quand on espère fuir, c'est difficile.

— Il a quand même réussi à vous berner, remarqua Odile.

— Je ne sais pas qui a berné qui, répondit Théo. Le pauvre est devenu suicidaire, sans suicide possible...

— Il a fini par choisir un genre, répliqua Mme Schmidt. Les romans de guerre...

— Dans sa pratique psychanalytique, il s'était spécialisé dans les rescapés des camps de la mort, compléta Théo. Je me demande où il serait allé s'il avait réellement pu choisir.

— Réellement ? demanda Odile.

— Oui. Si son choix avait été libre, et non dicté par le passé, par ce qui avait marqué sa vie.

Les deux guides semblaient amusés autant qu'ennuyés pour ce pauvre Joseph.

— Non, vraiment. Guide, c'est rude car on ne peut pas s'attacher, conclut Théo. Les âmes passent : celles des indécis, mais celles des autres guides également. Comme dans n'importe quel travail, on crée des affinités avec ses collègues. Puis un jour, vous ne les revoyez plus. Ils ont disparu.

— C'est à se demander pourquoi vous avez accepté, demanda Max faussement naïf.

23

Max avait posé une question pertinente à laquelle il n'aurait pas la réponse. En tout cas, pas dans l'immédiat.

Car là, tout de suite, un lapin bleu sauta sur leur table. Une petite fille aux couettes roses tira les cheveux de Mme Schmidt. Et devant leur table, un lion aux yeux en forme de cœur embrassait une girafe au cou enroulé sur lui-même.

Ils entendirent un bourdonnement qui se rapprochait d'eux à vive allure.

C'était une horde d'enfants en culotte courte et aux bérets bleu marine qui débarqua en hurlant : « À l'abordage ! »

Deux bandes se mirent à s'affronter avec des lance-pierres. Nos quatre compères durent se baisser pour éviter les projectiles.

— Je vous jure que ce n'est pas moi, répétait Max.

Mme Schmidt tendit la main vers Max.

— Calme-toi, Max. Ça va s'arrêter.

En effet, le lapin bleu se flouta puis tremblota avant de s'éclipser. La petite fille aux couettes et tous les autres enfants s'évanouirent également.

Mme Schmidt se racla la gorge avant de prendre la parole.

— Quand un guide et un indécis pensent au même moment à une œuvre, celle-ci apparaît dans leur réalité… et contamine celle des gens qui la peuplent, à ce moment-là, n'est-ce pas Théo ?

Théo semblait confus comme s'il avait été pris en faute.

— J'ai été pris d'une vision, se justifia-t-il. Cette histoire que je lisais à ma petite sœur. Celle de la girafe et du lion amoureux.

— Et pour moi, quand vous avez parlé de la Seconde Guerre mondiale, j'ai repensé à *La Guerre des boutons* de Louis Pergaud, murmura Odile. Je le lisais à ma fille. Puis j'ai pensé à mes petits-enfants, à leurs livres illustrés. Il y avait aussi cette histoire d'amour entre la girafe et le lion.

Mme Schmidt souriait compatissante.

— Ça veut dire quoi ? demanda Max.

— Ce sont des rappels, répondit Mme Schmidt en fixant Théo. Ici, nous sommes en transition. Les guides aussi. L'objectif est de rejoindre un genre, d'inspirer un auteur. Ces interventions sont des inspirations à taille humaine, si l'on peut dire...

Cette idée angoissait Max dont les pensées n'allaient pas toujours de pair avec leur pertinence. Combien de fois avait-il regretté d'avoir parlé trop vite ?

Ce serait pire si tout ce qui lui traversait l'esprit pouvait être réutilisé contre lui.

Théo se balança sur sa chaise pour capter le regard de « son » indécise.

— Mais l'intervention ne se produit qu'au gré d'une pensée puissante. Odile, hésitez-vous également avec la littérature jeunesse ? En tant que mère, grand-mère et arrière-grand-mère, ce ne serait pas incongru que vous envisagiez cette forme.

— Je n'y avais pas pensé, répondit la vieille dame encore chamboulée par cette agitation. Je suis trop vieille pour la jeunesse... comme pour les bluettes !

Mme Schmidt se rapprocha d'elle pour la regarder droit dans les yeux.

— Odile, l'âge n'a rien à voir avec l'inspiration. Certains jeunes sont plus secs, d'un point de vue créatif, qu'un tronc d'arbre frappé par la foudre !

Odile gloussa. Mme Schmidt poursuivit avec véhémence, fixant les deux indécis.

— Oubliez toutes les limites qui ont été fixées dans la vie. Ici seul votre être compte… Regardez Roald Dahl ou J.K. Rowling ! *Matilda* et *Harry Potter* sont le fruit d'auteurs adultes, bien mûrs !

— La frontière entre le fruit bien mûr et celui qui est pourri est très mince, contra Odile.

— Avec une telle repartie, vous avez de la marge, plaisanta Théo.

— Et il en va de même pour inspirer des histoires d'amour…, conclut Mme Schmidt sans s'attacher à répondre à la vieille dame.

Max n'arrivait pas à savoir si elle jouait, dans ce monde, à donner une image de professeure érudite, à la limite de la condescendance, ou si c'était bien là un trait de sa personnalité.

— À votre âge, Odile, vous devez avoir beaucoup d'expérience dans plein de domaines…, ajouta Max.

Les joues de la vieille dame s'empourprèrent. Max avait encore gaffé, « mis les pieds dans le plat » comme disait si souvent sa mère à son père. Un instant, il eut l'impression d'être véritablement debout sur la table avec ses pieds dans un plat. Il se recula par réflexe.

Toutes ces expressions imagées qui prenaient forme dans l'esprit de Max le perturbaient.

Heureusement, les autres n'avaient rien remarqué.

— Personne ne vous juge, renchérit Théo. Au contraire, ici on a conscience que chacun a des capacités insoupçonnées. Et cela quels que soient son milieu social, son histoire personnelle, ses réussites professionnelles. L'imagination est sans limites.

Les yeux d'Odile traduisaient sa confusion.

— On aurait dit un songe, dit la vieille dame encore subjuguée par cette ménagerie exubérante.
— D'une certaine façon, c'est un songe, répondit Théo. À quoi pensez-vous que servent toutes ces heures de votre vie passées à dormir ?
— Je ne comprends pas le lien avec le sommeil. À mon âge, je suis un peu lente, s'excusa-t-elle avec un sourire gêné.
— Je n'ai pas compris non plus, ajouta Max. Et si cela peut vous rassurer, si j'avais pu vieillir jusqu'à votre âge, j'aurais aimé être aussi vaillant que vous.

Mme Schmidt et Théo se regardèrent, agréablement surpris par la courtoisie de Max.

— Toute notre vie, chaque jour, nous passons de nombreuses heures à dormir et à faire des rêves, parfois des cauchemars, expliqua Théo. Souvent on les oublie. Parfois on s'en souvient parce qu'ils sont étranges, ou qu'ils nous parlent.
— Je n'ai jamais réussi à me souvenir de mes rêves, précisa Odile dont les yeux légèrement fermés trahissaient sa concentration extrême.

— Ce n'est pas grave, dit Mme Schmidt dans un sourire bienveillant en direction d'Odile. Même sans se souvenir, on sait que quelque chose se passe, ailleurs, dans une autre réalité.

La vieille dame hochait la tête. Max se penchait pour mieux capter la conversation. Son buste se tendait à la manière de ces perches qu'utilisent les journalistes aux conférences de presse.

— Dans la vie, le rêve nocturne ne sert que de préparation à ce que vous vivez maintenant. Il vous permet de vous habituer aux distorsions de la réalité, à sortir de vos habitudes prétendument logiques, expliqua Théo.

— Le rêve ouvre la voie vers l'univers des possibles, donc vers le roman, commenta Mme Schmidt.

— CQFD, conclut Max d'un ton sarcastique.

Théo jeta un regard entendu à Mme Schmidt. Odile devait prendre un peu de temps pour réfléchir à ce qu'elle voulait. Quant à Max, il était encore au stade où il cherchait à comprendre ce qui se passait. La route serait longue.

Théo proposa d'emmener Odile se promener. Elle chuchota.

— Si tu n'arrives pas à penser, marche. Si tu penses trop, marche. Si tu penses mal, marche encore.

Les autres se regardèrent, amusés, déroutés.

— Ce n'est pas de moi.

— C'est de Jean Giono, indiqua Mme Schmidt.

— Tout à fait ! J'ai suivi son conseil, et la santé a suivi. Lui, il est mort depuis belle lurette ! Je vais peut-être le croiser, s'amusa-t-elle.
— Qui sait ! répondit Théo.

Mme Schmidt se retourna vers Max.
— Allons marcher nous aussi. La route vers la décision est encore longue, et le temps presse.

Odile murmura à Théo :
— On dirait Platon et Aristote, ces deux-là. Le maître et l'élève.

Personne ne s'était dit ni au revoir, ni à plus tard, ni encore moins adieu. Car personne ne savait s'ils se reverraient un jour, ni sous quelle forme.

Max se prit à imaginer un roman érotique où il tomberait amoureux d'Odile. Cette pensée le dégoûta. S'il y a un genre qu'il éviterait, ce serait celui-là.

Avec Julie, ils plaisantaient de ce graffiti qui ornait la porte du garage d'un immeuble voisin : « On ne connaît jamais vraiment ceux avec qui on couche. »

C'était encore plus vrai dans un roman.

24

Mme Schmidt entraîna Max dans le sens opposé à celui qu'empruntaient Odile et Théo.

Ils se retrouvèrent en train de marcher sur une plage sauvage propre à la côte atlantique qu'il affectionnait tant.

Comme dans un film où l'on passe d'une scène à l'autre, Max avait quitté la terrasse du kiosque au sol poussiéreux pour cette plage sans s'en apercevoir.

Le plus saugrenu était qu'il ne s'en émouvait plus. Il aurait pu envisager que tout ceci était un rêve virant au cauchemar. Mais les émotions qui le traversaient étaient bien trop réelles pour n'être le résultat que de son propre esprit.

En effet, Max se promenait vraiment sur une plage avec sa défunte professeure. Il ressentait l'air frais sur son visage. Il percevait des éléments qui n'auraient pas lieu d'être dans un rêve, comme le lent mouvement des nuages ou ces minuscules crabes dans le sable. Il humait les embruns.

Max et sa guide avaient abandonné leurs habits Belle Époque pour adopter des tenues plus modernes et confortables, propres aux années soixante.

Ils réincarnaient le glamour du couple Kennedy. L'assassinat en moins. Elle avec un foulard noué sur la tête, un pantalon blanc, et un pull bleu marine, et lui avec sa chemise blanche remontée jusqu'aux coudes et un pantalon en toile beige.

Il ne leur manquait qu'un chien pour finir ce tableau idyllique. Max aurait jeté un bâton au loin. Le chien aurait couru. Ils auraient crié : « Non pas dans l'eau ! » Le chien serait revenu trempé, satisfait. Il se serait ébroué à côté d'eux. Ils auraient tenté d'échapper à cette douche improvisée. Ils auraient ri.

En face de l'océan, il y aurait eu leur maison. Une de ces villas cossues sur pilotis que l'on voit dans les séries américaines. Max aurait vécu avec Mme Schmidt. Ils auraient formé un couple harmonieux. Une de ces histoires d'amour étranges. Une de celles où l'on se retrouve à l'âge adulte quand on n'y croit plus.

Une vague de tristesse submergea Max. Il n'avait pas de chien. Il n'était pas en couple avec Mme Schmidt et il ne le serait jamais. Être guide, c'était comme être prêtre. C'était faire vœu de chasteté. Il le devinait.

Il s'arrêta et fixa cette mer déchaînée qui lui faisait face.

— Madame Schmidt, je vais mourir, s'entendit-il lui dire. Je vais mourir de tristesse.

— Max, c'est normal.

— Je ne comprends pas, dit-il en hochant la tête. Je ne comprends plus rien. Je n'y arrive pas.

Il s'assit sur ce qui, derrière lui, venait de se transformer en dune.

— Max, tu es en train de faire le deuil de ta vie. C'est sûr que lorsque l'on est vivant, personne ne nous apprend cela.

Les larmes coulaient sur les joues de Max, encore une fois.

— Je vais encore me transformer en fontaine ?

— Cela dépend de ce que tu ressens... Je ne sais pas si cela te rassurera mais tu ne fais que passer par les phases classiques du deuil. Le déni, c'est ce que tu as ressenti à ton arrivée. La colère, c'était cette belle démonstration au kiosque.

Max marmonna. Il n'avait jamais aimé qu'on lui rappelle ses bêtises.

— Puis la négociation... Comme de vouloir devenir guide... Maintenant la tristesse, cette vague dépressive que tu ressens. Et bientôt ce sera l'acceptation.

— Bientôt quand ?

— C'est toute la question.

— Comment peut-on être déprimé si on ne peut même pas se suicider, si on n'a même pas de solution pour mettre un terme à tout ce cirque ? s'agaça Max qui repensait à Joseph, le guide suicidaire.

— C'est pour cela que cette étape ne dure généralement pas très longtemps chez nous... Mais faire le deuil de sa vie, c'est un exercice inédit pour chaque nouvel arrivant.

Elle s'assit à ses côtés, faisant face avec lui à la colère de l'océan.

— Il est temps que je te raconte comment et pourquoi je suis devenue guide.

25

— Je l'ai déjà mentionné. J'ai été très malade. Mon cancer a été une longue et épuisante bataille. Mon mari était à mes côtés. Mais même lui n'en pouvait plus de cette lente érosion... Il me tuerait s'il m'entendait.

Elle réprima un petit sourire nerveux. Max l'observait de profil. Ses cheveux brillaient sous les rayons d'un soleil froid.

— Personne n'est prêt à mourir, et encore moins à souffrir. Crois-moi, quand tu es malade, tu penses beaucoup à ta propre mort. Mais personne ne te dit quand elle arrivera. On t'assène qu'il faut y croire, que le moral fait tout, qu'il faut profiter. Mais pour cela, il faut de l'énergie. Moi, j'étais tellement épuisée que même regarder la télévision me semblait un exercice insurmontable.

— C'est sûr que pour moi, cela a été plus rapide.

— Ce n'est pas la question, Max. Les comparaisons sont inutiles. Je t'explique cela pour que tu comprennes mon état d'esprit, à mon arrivée.

Il hocha la tête.

— J'espérais être enfin délivrée, soulagée. Or la première chose que l'on m'a demandée était de faire un choix littéraire… J'en étais incapable. Intellectuellement parlant, je veux dire. Plus que cela, j'étais révoltée. Moi qui toute ma vie me suis battue pour faire dialoguer les arts, les époques, les styles. Faire un choix. Un seul. C'était inenvisageable. Alors j'ai refusé.

— Vous étiez indécise, donc !

— Plus que cela, j'étais rebelle ! À la fin de ma journée impartie, j'avais décidé d'opter pour la chanson de geste.

— La chanson de geste ?

— *La Chanson de Roland*, cela t'évoque quelque chose ?

— Non. Vraiment.

Max ne connaissait pas plus l'œuvre que le genre.

— C'est un récit en vers relatant des exploits guerriers. *La Chanson de Roland*, qui date du Moyen Âge, est la plus connue en France… Un genre encore plus désuet que la farce, plaisanta-t-elle.

Max aurait aimé surenchérir avec une réplique subtile. Mais il en était incapable. Sa culture littéraire contemporaine était déjà des plus limitées. Alors faire de l'esprit sur des genres disparus aurait relevé de l'exploit.

Mme Schmidt avait dû percevoir son embarras.

— C'est un genre littéraire pour les professeures de français dépressives, si tu préfères, lui dit-elle en repositionnant ses cheveux derrière l'oreille.

— Alors pourquoi le choisir ?... Si on fait abstraction de votre côté dépressif, ironisa-t-il.

— Bonne question, mon cher Max. C'était comme s'il y avait moi et une autre que moi. Celle qui pensait et celle qui souffrait. Et celle qui pensait se disait, après ce que j'ai souffert, laissez-moi vous montrer à quel point tout cela est ridicule.

— Mais vous ne l'avez pas fait ?

Max tourna la tête en direction de Mme Schmidt. Il ne l'imaginait pas comme une personne qui changeait d'avis facilement.

— Non, et cela grâce à mon guide. Laisse-moi te raconter mon arrivée.

Pour la première fois, Max avait la sensation de partager un réel moment d'intimité avec elle, un de ceux que l'on peut avoir entre égaux.

— J'ai débarqué dans la jungle. Et comme tous les nouveaux arrivants, je me suis retrouvée à faire la queue. Sauf que moi, c'était à un embarcadère d'où j'apercevais un fleuve sombre à l'odeur pestilentielle. Le tri était réalisé par un homme habillé en médecin qui nous demandait notre genre avant de nous dispatcher sur des barques.

— Vous c'était l'Amazonie. Et moi mon ancien collège.

— On arrive chacun avec notre perception. Mais la logique reste la même. Il s'agit toujours d'un lieu emblématique dans lequel on projette ses angoisses. Quand j'étais en soins palliatifs, je comparais l'hôpital à une jungle, les patients à des animaux sauvages.

— Et dans ce lieu emblématique, il y a toujours celui qui fait le tri... Pour vous, un médecin et pour moi, le type au képi qui ressemblait à un policier.

— Sans oublier ceux qui savent où embarquer, et les autres, les indécis.

— Et leur guide...

— Tout à fait ! Le mien était un vieil homme d'origine italienne. Nous ne nous étions jamais croisés de notre vivant. Nous n'avions aucun point en commun. Moi, la littéraire, je me retrouvais avec un homme plutôt rustre. Il avait fui, adolescent, la pauvreté de son Italie natale. Son oncle qui travaillait déjà en France l'avait pris sous son aile. Il lui avait appris le français et son métier de maçon. Il s'est installé dans un village bourguignon où il s'est spécialisé dans la rénovation de caves anciennes. La région viticole s'y prêtait. Il s'est marié avec une fille du pays avec laquelle il a eu trois filles. À la retraite, il est devenu maire de son village, ce qu'il avait vécu comme une consécration.

— Un homme bien, on dirait.

— Un homme qui savait ce qu'impliquait le renoncement. Il n'avait plus jamais parlé italien. Pas un mot. Il s'était attaché à apprendre le français. Sa nouvelle vie était française. Ses enfants le lui avaient reproché plus tard. Mais pour lui, c'était le seul moyen d'avancer.

En prononçant ces paroles, Mme Schmidt attrapait le sable dans sa main gauche et le laissait s'écouler dans sa main droite.

— Il a dû être étonné quand vous avez exprimé votre souhait d'intégrer la chanson de geste.

— Je le croyais aussi. Mais pas du tout. Il a pris mon choix avec philosophie. Il m'a dit : « Mireille, quelle chance pour ce genre ! Grâce à ton intelligence, il va renaître de ses cendres. Si tous les indécis pouvaient être comme toi. Quelle dévotion ! » Il prononçait « dévozioné », une survivance de ses origines.

— C'était flatteur, commenta-t-il sobrement.

— Surtout très malin de sa part. Car il a ajouté : « C'est fantastique si la chanson de geste te correspond. Si ce n'est pas une "provocazioné". »

Elle était touchante à chercher à restituer cet accent italien, mais pas très convaincante.

— Il m'a regardée avec un air mutin. Il ressemblait à Marlon Brando dans *Le Parrain*. Le film de Coppola, tu l'as vu ?

— Vous avez droit aux références cinématographiques ?

— On n'est pas sectaire !

Max sourit. Ce n'était pas l'impression qu'il avait eue quand elle lui avait parlé de James Bond et des reprises sur grand écran.

— Évidemment. Désolé de vous avoir interrompue. Donc il vous regardait comme dans *Le Parrain*.

— Il m'a dit : « Ici, il n'y a personne à provoquer. Personne qui sera choqué. Personne qui te plaindra ou te blâmera. Il n'y aura que toi avec ce choix. »

Max observait Mme Schmidt qui regardait au loin. Elle revivait cette conversation. Il pouvait sentir son émotion, sa gorge nouée, ses interrogations.

— Votre guide semblait très sage.

— En effet ! Il m'a fait réfléchir sur l'erreur que je m'apprêtais à commettre. Je me suis ravisée, et avant que je me décide à nouveau, cette fois définitivement, il m'a annoncé que grâce à cette discussion, il avait fait son choix : il optait pour les contes philosophiques !

— Il est parti ?

— Il a trouvé son genre, grâce à moi d'une certaine façon. On apprend tous les uns des autres.

— Et sa place s'est libérée.

— Oui, et elle m'a été proposée. Son aide avait été si précieuse… J'ai considéré que c'était mon devoir de suivre son chemin, d'aider les indécis.

— Ce rôle vous va bien.

— Je l'espère. Mais bientôt moi aussi je partirai. Je choisirai.

— Pourquoi ?

— Quand on arrive ici, on n'a qu'une peur, c'est de tout oublier. Mais avec le temps, on réalise qu'une fois inscrits dans le roman, notre vie, notre expérience, l'amour pour nos proches, nos valeurs… Tout ce que l'on offre à l'auteur perdurera pour de nombreux lecteurs. Ces lecteurs, ils aiment les personnages avec autant d'amour, de sincérité que tes plus proches. Connais-tu un geste plus intime que de porter un livre sur soi, avec soi, dans son sac, dans son lit, dans son bain ? Peu d'êtres humains partagent cette proximité.

— Certains livres ne sont jamais publiés... Leurs personnages sont enterrés avec eux. Asphyxiés...

— Alors on aura permis à un auteur de créer, de donner la vie, la mémoire, l'espoir aussi... Et n'oublie jamais que ce qui n'est pas publié peut toujours le devenir. Et l'œuvre boudée par la critique ou le public peut rencontrer un succès inouï, plus tard.

— Vous pensez à qui ?

— Boris Vian avec *L'Écume des jours*. Tu connais, je suppose ?

Max opina de la tête même si le ton de sa question l'avait passablement irrité. Il n'était pas diplômé en lettres. Il oubliait parfois quelques références, mais quand même, il avait un minimum de culture générale.

— Savais-tu que même avec le soutien de Jean-Paul Sartre, le livre fut un échec ? Le succès arriva bien plus tard. Et Boris Vian n'eut pas la chance d'en profiter.

Max sentait son estomac se nouer. Quelque chose le perturbait. Il ne savait dire à quoi cela tenait.

— Il y a aussi des romans qui sont des phénomènes de mode. Ils existent pendant un temps, avant d'être oubliés, nuança-t-il.

— Tu as raison, Max. Tout est possible. Et Internet a changé l'écriture, sa diffusion. Ce qui ne change pas, c'est le besoin qu'a l'auteur de partager son texte. Cette communion entre un romancier et ses lecteurs, c'est magique. Et tout cela, c'est en partie grâce aux personnages, grâce à ce qu'ils sont, à ce qu'ils transmettent.

Max ne savait que conclure de cette conversation. Que la mort, ce n'était pas si terrible ? Que l'oubli, c'était l'avenir ?

Au loin, il remarqua des bateaux, non des porte-avions. Un bruit de mitraillettes le fit sursauter. Des avions militaires les frôlèrent. Cette plage, c'était celle du débarquement en Normandie.

Max avec ses bretelles sur sa chemise de corps et Mme Schmidt avec sa blouse à pois et sa jupe beige à plis avaient été parachutés sur une scène de guerre qui n'était pas la leur.

26

— Madame Schmidt, qu'est-ce qui se passe ? dit-il en se recroquevillant sur la dune.

— Encore tes pensées, mon cher Max. Elles sont fortes, trop fortes. Ce n'est pas normal.

Les cheveux de Mme Schmidt étaient dorénavant crantés. Cette fois, ils avaient atterri dans les années quarante. Max en était convaincu.

— Ça mitraille !

— Exactement, mon cher Max. Freud disait : « Le ça, c'est la partie la plus obscure, la plus impénétrable de notre personnalité. »

— Vous considérez que c'est le moment de jouer les psychanalystes ?

Max attrapa la main de Mme Schmidt. Il se mit à courir. Mme Schmidt essayait de le suivre, mais elle trébuchait régulièrement.

Les escadrilles avaient tant remué le sable que l'on ne discernait plus le ciel de la terre. Leurs yeux les piquaient. Ils se battaient contre les rafales de vent.

Mme Schmidt s'arrêta.

— Il faut avancer, dit-il.
— Non, il faut que tu t'arrêtes, Max. Il faut que *ça* s'arrête.

Un soldat leur fit signe depuis un bunker enfoui dans le sable. Ils s'y réfugièrent.
En tenue de combat, l'homme était nonchalant, détendu même. Il leur proposa une cigarette.
Le sang sur les murs laissait imaginer une scène de carnage. Max comprit vite que l'homme était blessé à son flanc gauche. Il proposa son aide.
L'homme refusa.

— À la guerre comme à la guerre !

Dehors, les détonations se succédaient. Fusils d'assaut, tirs de grenade ou de mortier, Max ne savait pas les distinguer. Mais leur hôte avait raison : c'était la guerre. Et ils étaient en plein dedans.
Cela ne semblait toutefois pas émouvoir le soldat qui se dirigea vers la sortie en leur faisant un salut militaire.

— Il va droit dans le mur. La guerre rend les hommes fous, dit Max effaré.

— Il ne m'a pas semblé insensé, répliqua Mme Schmidt. En l'occurrence, il fait ce qu'il pense être juste pour lui, pour sa conscience. Il faut du courage.
— Il n'y a rien de courageux à se jeter dans la gueule du loup.
— C'est courageux de suivre ses valeurs. La sienne, c'est de se battre à côté des siens.

Max leva les yeux au ciel. Cela se voyait que la mort s'était imposée à elle. Le cancer relevait des statistiques, de la fatalité. Ce n'était pas le cas de Max. Sa mort à lui était des plus évitables. Si seulement il s'était arrêté sur la première aire de repos, plutôt que de s'entêter à conduire sur l'autoroute en plein orage...

À l'extérieur du bunker, on entendait des cris, ceux de bêtes arrachées à la vie. Ces hommes n'en étaient plus vraiment. Ils étaient retournés à l'état sauvage, se dit Max.

Il crut discerner la voix du soldat. Cela ressemblait plus à un rugissement. Il avait sauté sur une mine. Il en était certain. Ce serait son dernier saut.

Dehors, le vacarme se faisait plus oppressant. Max craignait que le bunker ne s'envole comme la maison de paille des trois petits cochons et qu'ils se retrouvent sous les bombardements. Tout était possible dans cet au-delà.

Sortir et courir, ou rester et être pris au piège. Cela résumait bien sa vie professionnelle, au moins.

Démissionner sans maîtriser les risques qu'il prenait. Ou rester enfermé dans une cage dorée.

Sa dernière promotion s'apparentait à un ultime enfermement. Toutes les responsabilités qu'on lui vendait comme une avancée, tous ces renoncements qu'on lui imposait, de manière nonchalante, avaient pesé lourdement sur ses épaules.

— Que représente cette plage pour toi, Max ? demanda Mme Schmidt d'une voix toujours aussi posée.

Le calme dont elle faisait preuve inquiétait Max. Il se demandait si ce rôle de guide ne lui avait pas fait perdre la tête.

Mme Schmidt lui donna un léger coup de pied dans le tibia.

— Alors, Max, que représente cette plage pour toi ?

— Ce sont les plages du Débarquement.

— Un lieu de mémoire donc…

— Évidemment ! s'agaça-t-il. Des gens sont morts ici pendant la Seconde Guerre mondiale. Comme ce soldat… Vous étiez professeure de lettres, et non d'histoire, mais vous devez avoir quelques bases !

— Max… Je me suis mal exprimée… Est-ce un lieu de mémoire pour toi ?

— J'y venais enfant. On passait nos vacances à côté d'Omaha Beach ! Les cendres de mon grand-père y ont été dispersées. Si vous voulez tout savoir, je ne l'ai pas connu, mais j'ai toujours eu la sensation de sentir sa présence, ici.

— Ce n'est pas commun.

— Il a passé sa vie dans les mines. Il en est mort. C'est lui qui avait demandé à ce que ses cendres retrouvent celles de ceux qui s'étaient battus pour la cause, comme lui.

— Il était engagé… politiquement ?

— Très. Un syndicaliste de la première heure. Un défenseur des opprimés. Il avait sa carte au Parti communiste.

À l'instant où Max prononça ces paroles, les avions se turent. Le bunker disparut. Pas seulement le toit. Tout l'édifice.

27

Max était de retour les pieds dans le sable, entouré de dunes, au milieu d'une tempête. Il en avait connu une similaire en Afrique du Sud. Des vents du nord charriant des sables provenant du Sahara. Comme ce jour-là, ses yeux piquaient, sa bouche se desséchait, ses oreilles le démangeaient. Il était désorienté.

Il tâtait l'air à la recherche de sa professeure. Elle n'était pas là.

Il criait. Elle ne répondait pas.

L'avait-elle abandonné ?

Il arrêta de courir. Il s'assit.

Il ne pleurait pas. Il ne sentait plus rien.

Il ne cherchait plus à se battre. Il abdiquait. Il finirait enfoui, recroquevillé sur lui-même.

Il était asséché. Oui, asséché. Cela le définissait bien. Sa vie n'avait été qu'un long assèchement. Sa mort ne faisait que lui ressembler. Ratatiné sur lui-même.

Au loin, il aperçut une silhouette d'enfant. Les cheveux blonds au vent, Max entendait son rire jovial.

C'était le Petit Prince. Max n'en croyait pas ses yeux.

Il n'était pas dupe. C'était une projection de son cerveau, comme l'aurait exprimé Mme Schmidt.

Il ne devait vraiment avoir aucune culture littéraire pour que le gamin des agendas et des housses de couette le poursuive dans la mort.

Sa mère adorait cette histoire. Mais lui, non.

Elle avait gardé l'édition qu'elle avait reçue, enfant. La couverture souple avait mal résisté à ses relectures. Elle l'avait rafistolée avec du scotch.

Elle lui avait lu. Elle y prenait du plaisir. Lui moins.

Max n'aimait pas le personnage du businessman. « Je suis sérieux, moi, je suis précis », répétait-il. Cet homme à la cigarette éteinte, assis à son bureau, l'avait poursuivi dans ses cauchemars enfantins.

Devenu adulte, il se demandait si cette crainte n'avait pas été une prémonition. Comme si une partie de lui l'avait prévenu de ne pas se prendre trop au sérieux.

Visiblement, ce message lui avait échappé. Il avait pris son métier très au sérieux.

— Tu dois prendre du recul, Max, lui avait ordonné Julie. Tu passes ta vie au boulot. Tu vas y laisser ta santé aussi !

C'était la veille de sa mort alors qu'il était rentré à 22 heures.

— Je devais absolument finir la présentation pour le comité de direction. C'est pour la mine de platine, celle dans le Nord de l'Afrique du Sud.

— Tu l'as finie la semaine dernière. Tu comptes la retravailler combien de fois ?

— Autant de fois que nécessaire. Les risques sont trop importants.

— Le risque, c'est que tu t'y perdes !

Max se raidit, les yeux fixés au sol. Dans son esprit embrumé, il ne distinguait que ces hommes et ces femmes recourbés, éprouvés par la chaleur accablante de la mine, les vibrations incessantes. Il ne pouvait se résoudre à participer à la dégradation de leurs conditions de travail.

— Ce n'est qu'un job, avait-elle ajouté plus doucement en s'approchant de lui.

— C'est mon job ! avait-il répondu. C'est ma réputation. Ce que je fais, ce que je décide a des conséquences sur la vie des gens.

— Tu en es si sûr ?

Il avait claqué la porte du salon et était allé se coucher. Un autre que lui, plus vaillant, aurait erré dans les rues de Paris toute la nuit, noyant son chagrin dans les bars, enchaînant les conversations métaphysiques avec d'autres âmes en peine. Il aurait peut-être fini avec une fille tout aussi éméchée que lui. Il s'en serait voulu.

Mais Max, lui, se contenta de son lit. Recroquevillé sur lui-même, ses yeux le brûlaient comme dans ce désert où un Petit Prince errait.

Enfant, Max ne supportait ni le début, ni la fin de ce conte. Il tolérait juste le passage de la rencontre entre le Petit Prince et l'aviateur dans le désert et son « dessine-moi un mouton ».

Quand sa mère avait eu fini de le lui lire, le verdict de Max avait été sans appel.

— C'est nul ! D'abord, il abandonne sa rose, puis l'aviateur…

— Moi, j'aime bien l'histoire entre l'aviateur et le Petit Prince. Ils sont amis alors qu'ils sont très différents.

Max avait levé les yeux au ciel et lui avait tendu son précieux livre en concluant : « Moi, je n'aime pas les gens qui partent. »

Une prémonition, bien réelle, celle-là.

Car c'était ce qu'il s'était dit quand sa mère les avait quittés. C'était sûrement injuste d'utiliser le terme « quitter » comme si elle avait sciemment décidé de partir. Pourtant, c'était bien comme cela que Max avait vécu son départ. Il n'avait que vingt ans. Et elle, cinquante. Elle n'était pas censée mourir. Il avait encore besoin d'elle. Pas en permanence. Mais un peu tout de même. En particulier quand la solitude de sa chambre de bonne lui pesait, quand il doutait de ses capacités, quand il avait le cœur brisé. Ou maintenant, dans cette mort insupportable dont il ne saisissait pas les codes.

Les larmes coulèrent sur les joues de Max.

Dans ce désert, où il se sentait disparaître, il aurait aimé revoir sa mère plutôt qu'un personnage de conte. Il aurait voulu lui parler, s'excuser de ne pas l'avoir appelée plus souvent, juste pour prendre de ses nouvelles.

Leur dernière conversation avait été brève. Elle voulait savoir s'il viendrait à Pâques. Il ne savait pas encore. Il devait partir en cours. Une semaine avait passé. Il ne l'avait pas rappelée.

Le sable était en train de le recouvrir.

Il percevait la voix de sa mère qui reprenait la fameuse réplique du Petit Prince : « J'aurai l'air d'être mort et ce ne sera pas vrai… »

Max était mort, et c'était bien vrai. S'il n'y avait pas de paradis, au moins avait-il trouvé l'enfer. Et il allait le quitter, calcifié.

Peut-être le méritait-il, finalement. Il avait négligé sa mère, snobé son père, délaissé sa petite amie.

Sans qu'il s'en rende compte, les vents se calmèrent. Un rayon de soleil qui s'étendait jusqu'au sable blanc sous ses pieds lui chatouilla la nuque. La mer d'un bleu turquoise était perturbée par une houle légère. À sa gauche, il remarqua des palmiers bordant la plage.

Cette fois, il devait être vraiment mort. Le paradis, enfin. Toute cette histoire de roman, cela avait été un test. Ses regrets, sa culpabilité, sa mélancolie, un passage obligé pour purifier son âme.

Il sourit à la vie, non à la mort, non au paradis... En fait, Max ne savait pas à qui ou pour quoi il devait se réjouir.

Il était encore là, et dans un décor édénique, c'était déjà beaucoup.

— Calmé, mon cher Max ? entendit-il derrière lui.

C'était Mme Schmidt dans une robe longue en soie blanche.

28

— Vous êtes là ? Ce n'est pas fini ? Je pensais que j'étais arrivé au paradis.

— Tu es si enfantin, Max. Tu crois qu'on se débarrasse de ce que l'on ne veut pas par magie ?

— Et pourquoi pas ? Vous avez vu où on est ? argua-t-il. Ce n'est pas de la magie de passer d'un collège à un hôpital, à un jardin anglais, de voir des lapins bleus, de revivre le débarquement, de se retrouver dans une tempête de sable, de finir sur une plage paradisiaque ?

— Non, ce n'est pas de la magie. C'est de la perception.

Max fixait cette femme à la beauté mature. Il se demandait s'il s'agissait bien de sa professeure. Peut-être était-ce un intrus qui avait pris ses traits, un extraterrestre même. Il se mit à la détester. Elle l'énervait. Elle et tout le reste. La mort, en premier, la littérature, en second et les choix à faire, ensuite.

Si même la mort était compliquée...

Elle le prit par la main et le guida à travers les vagues. Max ressentait la brise tiède sur son visage. Quelques mouettes saluaient le ciel.

— Tout à l'heure, sur cette plage, tu te sentais attaqué, n'est-ce pas ?

— On n'était pas sur cette plage ! La Manche n'a jamais été une mer chaude et cristalline.

Max marqua une pause. « Cristallin », c'était l'adjectif de Saint Exupéry pour décrire le rire du Petit Prince. Que cette mort l'éprouvait !

— Et je ne me suis pas « senti attaqué », reprit-il en mimant les guillemets. Nous avons été attaqués. On était au milieu d'une scène de guerre. Ne me dites pas que c'était une fête foraine pour vous ?

Elle se tut. Il haussa les épaules, tout en fixant ses pieds dans l'eau.

Elle préféra changer d'approche.

— Quand on devient guide, reprit-elle, on nous enseigne qu'il faut conduire avec l'indécis une rétrospective de ses goûts littéraires. Avec un peu d'échanges, l'indécis choisit de manière évidente son genre. C'est la méthode classique.

— Comme pour Odile ?

— Oui, Odile a besoin de prendre ce temps de réflexion pour déterminer ce qu'elle veut vraiment. Mais elle se décidera sans difficulté et avec gaieté de cœur. J'ai essayé de mener cette recherche avec toi également. Mais ce travail ne peut pas aboutir car tu es bloqué dans tes sentiments.

— Dans quels sentiments ?

— À toi de me le dire. Tu es ce que l'on appelle un « indécis traumatique ».

— Mourir, c'est traumatisant ! renchérit Max en donnant un coup de pied dans l'eau.

Un petit poisson sauta. Il sursauta.

— Je ne parle pas de la manière de mourir, ni même de la surprise de découvrir l'« après ». Non, Max, il y a autre chose. Un conflit très fort chez toi. Si fort que tu as essayé de te tuer…

— De me tuer ? Parce que je me suis recroquevillé en pleine tempête de sable ? Je devais faire quoi ? Chanter l'*Hymne à la joie* ?

Le ton de Max ne cachait pas son exaspération.

— Je parlais du bunker, de la bataille sur la plage.

— Vous êtes malade ! s'insurgea-t-il. Ce n'est pas moi qui me suis mitraillé. Vous êtes incroyable, quand même !

Max s'était avancé dans la mer sans y prêter attention. Son pantalon en toile beige se gorgeait d'eau et lui collait à la peau.

— Si, justement, c'est toi qui as créé cette scène de guerre. Qu'est-ce qui est en guerre chez toi ?

— Je suis fatigué. Vous me fatiguez. Mettez-moi où vous voulez, dit-il en continuant de marcher vers l'horizon.

L'eau arrivait désormais à la hauteur de la poitrine de Max. Il se retourna vers Mme Schmidt en hurlant.

— Je n'inspirerai personne ! Vous ne comprenez pas ! Je ne servais à rien de mon vivant, alors mort…

Mme Schmidt s'avança vers lui comme on s'approche d'un animal blessé. Elle était décidée mais prudente.

— Max, ne dis pas cela. Si tu continues, tu partiras d'office dans une salle d'attente, n'importe laquelle.

— Je m'en fiche !

— Moi pas. Ce serait du gâchis. Tu es une belle personne. Je l'ai toujours su. De tous mes élèves, de toute ma carrière, tu es le seul qu'ils m'aient envoyé.

Max se retourna vers elle. Il avait du mal à la voir. Elle était à contre-jour. Il plissait les yeux.

— Je me souviens de ce jour où tu t'es battu pour défendre ce cinquième, celui qui avait des problèmes de peau…

— Pustule ?

— Oui, c'est comme cela que les élèves le surnommaient. Mon Dieu, que les enfants peuvent être cruels ! Tu as pris sa défense. Tes copains ne comprenaient pas.

— Ce n'était pas juste de s'en prendre à lui. Ce n'était pas sa faute s'il avait des boutons plein la tronche... J'ai été collé pendant un trimestre !

— J'ai tout vu depuis la fenêtre de ma classe... Ce jour-là, ça a confirmé ce que je pensais : tu étais un enfant spécial.

— Pathétique, vous voulez dire ?

— Spécial comme hors du commun. Tu es une personne empathique. Tu te soucies des autres, de ce qu'ils ressentent. C'est rare.

Il haussa à nouveau les épaules.

— Pour réussir, il vaut mieux ne pas avoir trop de sentiments, croyez-moi. Vous avez été absente du monde des vivants depuis trop longtemps.

— Pas du tout. Et je connais bien mieux que toi l'au-delà. Ce n'est pas un hasard si tu es avec moi. On me confie les indécis à fort potentiel.

Max secouait la tête comme si des mouches lui tournaient autour.

— Oui, Max. Tout est possible pour toi. Tout a toujours été possible pour toi. Encore faut-il que tu l'acceptes... Tu sais ce que l'eau symbolise ?

— Les vacances ? lui répondit-il sur un ton ironique.

Elle cherchait ses mots. Elle craignait que Max ne s'offusque. Ce qu'elle ne lui avait pas révélé, c'était que le pire scénario était en train de se produire. Il risquait de finir dans un genre qui ne lui conviendrait pas et il en aurait conscience. Et dans ces conditions, les possibilités d'inspirer un auteur étaient très faibles.

Mme Schmidt en frissonna. Partant de ce constat, tout était bon pour que Max découvre ce qui le tourmentait afin de choisir en toute connaissance de cause.

— En psychanalyse, dans l'interprétation des rêves...

Max leva les yeux au ciel. Elle ne s'en laissa pas conter.

— Quand on rêve d'eau...
— Je rêve maintenant ?
— Ce n'est pas ce que je voulais dire. Ici les mécanismes sont proches de ceux des rêves, comme Théo te l'a expliqué... Ton esprit vagabonde entre tes souvenirs et des constructions mentales, comme dans un songe. Est-ce que je me trompe ?
Max haussa les épaules.
— L'eau, c'est un élément vital, tu es d'accord ?
Il soupira.
— C'est pourquoi on considère sa représentation onirique comme une expression de notre inconscient, un catalyseur de nos émotions profondes, et aussi une évocation de notre mère originelle.

Max percevait mal la voix de Mme Schmidt. Des goélands bruyants volaient au-dessus de lui. Il leva les yeux. Dans le nuage qui passait rapidement, il distingua le sourire de sa mère.

— Max, parle-moi de ton accident. Si l'on peut appeler cela un accident…

Sur ces paroles, Max fit demi-tour pour la retrouver. Il voulait l'interroger. Qu'insinuait-elle par « si l'on peut appeler cela un accident » ?

Les vagues le ralentissaient.

L'instant suivant, il se retrouva devant une baie vitrée majestueuse surplombant New York.

29

Max apercevait son reflet dans la vitre. Mais il n'y prêta pas attention, subjugué qu'il était par la ville à ses pieds.

Devant lui, se dessinaient la pointe de Manhattan prise en étau entre l'East River et l'Hudson River, l'Empire State Building, les gratte-ciel de Wall Street, le Brooklyn Bridge. En se concentrant, il apercevait également la statue de la Liberté, symbole ultime.

Le ciel crépusculaire était incandescent. Ce camaïeu d'orange et de rose lui donnait des frissons, même mort.

Max se demanda s'il n'était pas en train d'assister, ou plutôt de manquer le Manhattanhenge, ce moment si particulier dans l'année pendant lequel les rayons du soleil couchant sont parfaitement alignés sur le tracé des rues de la Grosse Pomme.

Ce phénomène réunissait des milliers de personnes dans les rues new-yorkaises quelques fois par an. Max en avait entendu parler pour la première fois quand il avait visité avec Julie le sanctuaire préhistorique de Stonehenge en Angleterre.

Il pleuvait si fort qu'ils avaient dû prendre le bus pour retourner au parking. Ils avaient alors sympathisé avec un Américain, Steve, un amateur d'astronomie et de photographie. Il leur avait conseillé d'assister à l'alignement depuis la 14e Rue. D'après lui, la 23e ou la 34e rue offraient également une perspective intéressante. « Un clin d'œil du Nouveau Continent à l'Ancien », avait plaisanté Max.

Ils s'étaient promis avec Julie de revenir à Stonehenge pour le solstice d'été. Ils contempleraient le lever du soleil aligné entre les deux pierres du grand trilithon, cette structure de menhirs si impressionnante. Puis ils se rendraient, l'année suivante, à New York pour le Manhattanhenge.

Sur le moment, Max n'avait pas pris au sérieux cette promesse. Non qu'il n'ait pas eu envie d'assister à ces événements. Mais Max était pragmatique. Les promesses que l'on se faisait à soi-même étaient celles que l'on négligeait le plus.

Il s'en voulait maintenant. Pour lui. Pour Julie.

Il se retourna.

L'immense pièce recensait ce que le design moderne avait conçu de plus sophistiqué et intemporel.

Un canapé d'angle en cuir blanc s'imposait depuis le fond de la pièce. Un bouquet composé de renoncules blanches et rose pâle trônait sur une console en bois clair. Les formes géométriques de la ville se reflétaient sur une table basse en verre rectangulaire immense.

À l'autre bout de la pièce, Max remarqua une imposante bibliothèque dont les livres étaient rangés par collection. Sur un bureau en verre, une bouteille de whisky, trois verres et un bac à glaçons reposaient sur un plateau en argent.

L'appartement embaumait à la fois le neuf, le doux, la nostalgie, le futur, le vernis, le fleuri, le féminin et le masculin. De sa vie, il n'avait ressenti pareil équilibre entre le beau et le vrai.

Mme Schmidt était lovée dans un plaid en cachemire à l'intérieur d'un fauteuil beige en forme de coque. Elle portait un tailleur blanc, des escarpins tout aussi immaculés qui mettaient en valeur ses jambes fines, et de petites lunettes à la monture rectangulaire. Elle tenait à deux mains un mug à l'américaine d'où s'échappait de la fumée.

La tenue de Mme Schmidt ne laissait présager aucune époque particulière. Celle de Max, un pantalon et une chemise blanche, non plus. Ils naviguaient dans un rétro-futurisme. Une vision du futur touchante de désuétude générée par des publicitaires en quête d'inspiration.

— Où sommes-nous ? demanda Max.

— À toi de me le dire..., lui répondit-elle en remettant ses cheveux derrière ses oreilles.

Il s'avança vers elle et s'installa sur le divan, la seule assise disponible.

— Cette vue, c'est celle d'une photo. Julie l'avait découpée dans un magazine. Elle l'avait glissée dans la poche de mon costume. Je l'ai trouvée juste avant l'accident...

Il continuait à fixer la baie vitrée. Il poursuivit.

— Ma société m'avait proposé un poste important à New York. Julie envisageait de quitter son cabinet de dentiste. Elle s'était mise à fantasmer sur les États-Unis. Elle était obsédée par New York. Woody Allen, Martin Scorsese peuplaient nos soirées ciné.

— Tu avais envie d'y aller, Max ?

Max caressait son visage, puis sa nuque. Il posa sa main sur sa bouche.

— Madame Schmidt, je ne suis pas stupide. Ce lieu, votre posture, vous êtes en train de me psychanalyser.

Max n'était pas comme son père qui pensait qu'il fallait bien être cinglé pour dépenser sa paye à parler dans le vide. Lui, il comprenait que des gens puissent en ressentir le besoin, même si ce n'était pas son cas. Il ne parlait pas beaucoup, et encore moins de lui. Même après le décès brutal de sa mère, personne ne le lui avait proposé. Et heureusement car cela lui aurait semblé absurde.

Quand il avait rencontré Julie, elle se rendait chez une psychologue. Elle avait fait une dépression quelques années auparavant. Une rupture amoureuse brutale, avait-elle justifié. La psychothérapie lui avait sauvé la vie. C'était ses termes.

Max la croyait sur parole, mais ce qui lui échappait, c'était les raisons pour lesquelles elle continuait d'y aller. Tous les quinze jours, le jeudi à 18 h 30, Julie avait « psy » comme d'autres ont piscine, et rien ne pouvait la faire déroger à ce rendez-vous avec elle-même.

Il avait la sensation que l'on entrait en thérapie comme dans les ordres, sans perspective d'en sortir.

Maintenant, il se disait que ce rendez-vous sauverait peut-être Julie une seconde fois. Elle qui devrait désormais affronter la perte soudaine de celui avec lequel elle partageait sa vie.

— L'analyse, la maladie, tout cela n'existe pas ici, lui dit-elle.

Elle se tut, puis se tourna vers la fenêtre.

— Tu vois le coucher de soleil ?
— Il est splendide.

— En effet… C'est le signal que nous arrivons à la fin du temps imparti. Et c'est mon rôle de te guider vers le meilleur pour toi.
— Qui est ?

La jambe gauche de Max tremblait légèrement. Mme Schmidt posa sa tasse et tout en restant assise, elle avança son buste en direction de Max.

— Ici plus que dans la « vie », dire, exprimer, parler, décrire, bref, mettre des mots est essentiel… Max, tu vas te réincarner dans un roman, donc au travers des mots !

Il entendait ce qu'elle disait mais tout cela n'avait aucun sens pour lui. Elle aurait pu parler chinois, russe ou n'importe quel dialecte.

— Tu viens de recréer le décor d'une ville, New York, dans laquelle tu avais une opportunité. Ce n'est pas un hasard. Tout vient de toi. Alors, s'il te plaît, réponds-moi, Max, avais-tu envie de changer de travail, de vie ?

Max ne cherchait plus à lutter. Il avait plus à perdre qu'à gagner à ne pas participer au jeu absurde dans lequel il était embarqué.

Max se leva. Mme Schmidt l'encourageait avec son sourire bienveillant.

— Oui, je voulais changer de travail. Et New York, pourquoi pas. Mais non, je ne voulais pas de ce poste-là.
— Tu lui as dit ?
— Non…

Il regardait ses pieds comme si le sol allait s'ouvrir sous lui.

— Je ne parlais pas beaucoup de mon travail à la maison. Julie n'a jamais su…
— Su quoi ?
— Que je n'en pouvais plus de ce métier, de notre vie, de ces mensonges…
— Quels mensonges ?

Il se massa le front.

— Vous voulez vraiment savoir ?

30

— Ce n'est pas moi qui ai besoin de savoir, répondit Mme Schmidt. C'est toi.

Max leva les yeux vers le ciel. Sa jambe droite se mit à trembler.

— Je crois que je sais déjà tout, maugréa-t-il en se levant. Personne ne vous explique ce que c'est que d'être adulte.

— Et c'est quoi pour toi, être adulte ? lui demanda-t-elle.

Elle ne cherchait pas à faire la conversation. Elle voulait juste qu'il raconte.

— Passer son temps à se mentir, à mentir aux autres pour se rassurer : « C'est normal », « ce sera pareil ailleurs », « il faut arrêter de rêver », « grandis ! », « sois réaliste ! », « fais des enfants ! », « tu es bien payé... »

— Quelle vision sombre de la vie d'adulte !

— Vous ne l'avez jamais ressenti, madame la Professeure ? dit-il sur un ton sarcastique.

— Parfois peut-être. Déjà j'avais un avantage sur toi. Personne ne m'a jamais dit « tu es bien payé ! », dit-elle avant d'éclater de rire.

Max l'observait, dépité. De petites rides se formaient au coin de ses yeux.

— Je suis désolée, Max, dit-elle en s'essuyant délicatement le coin de son œil droit. Je comprends que bien gagner sa vie peut se transformer en un piège. À la manière dont tu en as parlé, j'en déduis que c'est ce qui s'est produit.

Max acquiesça, les yeux dans le vague.

— L'argent, la sécurité de l'emploi, l'impression d'être important, et tout le reste… Un piège, c'est bien cela.

Et Max se mit à raconter sa vie professionnelle, sans s'arrêter, d'un souffle.

Au début de sa carrière, le travail de Max le passionnait. Il était fier de contribuer à la sécurité d'une industrie qui avait façonné l'histoire de sa famille maternelle. Son grand-père était mineur. Il ne l'avait pas connu à cause d'une cage de bure qui était descendue en chute libre. Elle avait fini sa course au fond du puits de la fosse n° 10 des mines de l'Escarpelle. Son grand-père et quatre autres camarades se tenaient là. Il était mort.

Il ne savait de lui que ce que la légende familiale en avait conservé. Tous tenaient l'homme en haute estime.

C'était un syndicaliste de la première heure. Un homme qui avait pris des risques pour défendre ses collègues.

Beaucoup pensaient qu'il aurait pu faire carrière en politique au sein du Parti communiste.

Cette simple allusion avait été un sujet de plaisanterie ou de dispute entre les parents de Max, selon l'humeur.

Le père de Max, artisan-peintre, était devenu son propre patron à vingt ans. Et il était fier de s'être extrait du prolétariat.

Il s'était mis à voter à droite après avoir été déçu par Mitterrand.

Le père de Max aurait tant aimé que son fils aîné suive ses traces. Il était prêt à lui apprendre les ficelles du métier, la rigueur, l'art des finitions.

Mais Max n'était pas un manuel. Les quelques étagères qu'il avait été contraint de poser dans son appartement n'étaient pas droites. Quand il avait fallu remplacer un des meubles de la cuisine, Julie avait sollicité son cousin plutôt que Max.

Très tôt, Max avait eu envie de faire des études, d'aller vivre dans une grande ville, d'être un de ces hommes qui se promènent avec une sacoche et des dossiers importants dedans, avec son passeport dans la poche pour attraper un avion comme un dernier métro. Pour Max, c'était le summum de l'accomplissement.

Max n'avait jamais vraiment parlé de ses ambitions à ses parents. Ce n'était pas par snobisme. C'était simplement son domaine à lui. Il ne partageait que ses victoires. Il leur économisait les défaites et limitait ainsi les déceptions.

Si son père n'avait jamais encouragé Max à faire des études, il serait injuste de dire qu'il avait tenté de l'en dissuader. Il l'avait laissé faire. Il avait payé autant qu'il pouvait, et dès le collège. Max avait tout de même dû emprunter un peu et faire des petits boulots pendant les vacances.

Quand Max avait été accepté dans son école de chimie, son père avait été surpris. Il pensait qu'il ferait une école de commerce, comme le fils des Lampion qui tenaient désormais la quincaillerie familiale et qui en avait installé une nouvelle dans la zone commerciale, à la sortie de la ville.

De son côté, la mère de Max avait un CAP de comptabilité, ce qui était suffisant pour tenir les comptes de la société de son père.

Elle était très à cheval sur les bonnes manières et le travail scolaire. Ils ne roulaient pas sur l'or, mais ils n'étaient pas pauvres non plus. Et en tant que mère, elle considérait qu'il était de son devoir que ses fils aient accès à une éducation et soient inscrits dans un collège privé. Le sésame pour choisir sa vie.

En réalité, Max n'avait pas eu réellement à choisir. Le chemin s'était tracé devant lui. Et cela avait été très confortable. Sûrement comme tous ces morts dont le genre littéraire s'impose à eux.

À la fin de ses études, quand Max avait eu l'opportunité d'entrer dans un groupe minier, il l'avait saisie sans tergiverser. La première raison (pathétique mais réaliste) est qu'il avait eu peur de ne pas recevoir de meilleure offre. Et l'autre plus noble reposait sur les photos de son grand-père au visage et aux mains noircis qui l'avaient marqué.

Max avait vu en son poste une manière de poursuivre la légende familiale. Il était le seul à l'avoir envisagé ainsi.

Avec le temps, la France ne comptait plus beaucoup de mines. Mais ailleurs dans le monde, l'exploitation des sous-sols continuait. Et lui, Max, contribuait à la sécurité de ces hommes et de ces femmes qui travaillaient dur.

Enfin, c'était ce qu'il avait cru.

31

Max n'était pas engagé politiquement comme son grand-père. Pour lui, les révolutions devaient se faire de l'intérieur.

Très rapidement, il comprit que l'influence ne s'exerçait qu'en gravissant les échelons. Il s'était persuadé que les petites capitulations d'aujourd'hui construisaient les grandes victoires de demain.

Il n'en était rien. Avec le temps, aux petites capitulations s'étaient ajoutées les lâchetés. L'effet « boule de neige ».

En moins de dix ans, son groupe avait pris de l'ampleur. L'arrivée d'un fonds d'investissement au capital promettait de nouveaux défis et des ressources accrues.

Les nouveaux objectifs étaient irréalistes pour quiconque connaissait le terrain. Des mines furent rachetées méthodiquement à des entreprises opaques dans des zones géographiques éloignées du monde occidental et de ses lois.

Max devait se rendre sur place en urgence pour les examiner. Son rapport était indispensable à la conclusion du deal.

À chaque fois, le même scénario se répétait. Max usait de toute la diplomatie possible pour ne pas trop dramatiser la situation. Mais il se devait de dire la vérité. Le travail de mise en conformité était considérable. Les standards internationaux en termes de sécurité n'étaient jamais respectés. Le traitement des employés se révélait au mieux déficient, au pire tortionnaire. De nombreux changements devaient être opérés, et cela avait un coût.

Rapport après rapport, ses missions évoluèrent. Ses déplacements se firent moins longs, se limitant à des vérifications sommaires, à des échanges minutés. Il validait des formulaires dont il ne savait si ceux qui les remplissaient en comprenaient la teneur.

On calculait le risque comme le profit, à la louche.

Le jour de son accident, Max sortait d'une réunion difficile avec les grands directeurs. Il avait la gorge nouée rien que d'y penser.

Le comité de direction se réunissait dans une pièce immense à la lumière blanchâtre, digne des salles d'autopsie des séries policières ou des prisons secrètes où l'on s'adonne à la torture.

— Bonne chance pour Guantánamo, avait-il entendu de la part d'un collègue, la première fois qu'il y était allé.

Max l'avait regardé, perplexe.

— Comme la base militaire américaine, précisa-t-il. Celle où les terroristes islamistes se perdent à tout jamais.

— Après avoir été torturés, ironisa un autre qui attendait à la photocopieuse. Si tu te sens mal maintenant, ce sera pire après !

Son manager s'était immiscé dans la conversation.

— Arrêtez d'effrayer notre jeune ami. Tout se passera très bien, Max. Tu maîtrises ton dossier. Tu sauras répondre à leurs questions. Tu n'as rien à craindre.

— Et comme ton sujet ne les intéresse pas, ils n'en auront pas ! plaisanta son collègue.

Quand il était entré dans la salle du conseil, les néons l'avaient aveuglé. Il ne pouvait toutefois manquer l'immense table en merisier qui occupait tout l'espace.

Les participants, tous des hommes sauf la directrice des ressources humaines, faisaient glisser les dossiers pour se les échanger.

Max avait déroulé sa présentation, puis répondu aux questions, non sans quelques balbutiements, mais avec précision.

Son baptême du feu s'était déroulé sans encombre. Chaque trimestre, il rejouait la même scène. Si l'exercice n'était pas devenu une partie de plaisir, il l'intimidait désormais beaucoup moins.

Toutefois, la réunion qui s'était tenue le jour de son accident n'entrait pas dans la routine. Ses conclusions avaient circulé, et la multiplication des commentaires de ses supérieurs l'inquiétait.

Avec le temps et l'évolution des contraintes réglementaires, son rôle impliquait dorénavant qu'il rédige ses rapports « en conscience » de manière indépendante. C'est ainsi en tout cas qu'on le présentait à l'extérieur. Cela n'empêchait pas toutefois de « se nourrir » des avis des collègues et surtout de « jouer collectif ».

Le jour fatidique, les mains moites de Max, son teint blême, ses cernes trahissaient son appréhension. Il était redevenu le bleu que l'on avait envoyé à Guantánamo.

Et son tribunal lui semblait bien plus sévère.

Max eut à peine le temps d'introduire son sujet que le grand patron lui coupa la parole.

— Max, on ne va pas y aller par quatre chemins. Nos mines de Limpopo ne délivrent pas suffisamment de platine. Il va falloir creuser plus en profondeur.
— Plus on creuse, plus la mine risque de s'affaisser. C'est ce que j'ai expliqué dans mon rapport.
— Votre rapport, parlons-en Max. Si on ne creuse pas, ces gens perdront leur emploi et n'en retrouveront pas, avait dit le directeur financier à la carrure de rugbyman. Ils prendront d'autres risques dans d'autres mines ou ailleurs, et ils mourront.

— Mais le risque...

Max n'eut pas le temps de finir sa phrase.

— Nous, au moins, nous prenons des risques calculés. Et eux non. Vous êtes d'accord, Max ?

— Oui, bredouilla-t-il. Mais c'est justement en calculant le risque que l'on voit que le danger est bien réel.

— Vous préférez donc qu'ils meurent de faim, de misère, qu'ils n'aient plus aucune ressource ?

La discussion avait continué longtemps, trop longtemps pour Max. Il était revenu sur l'historique de cette mine qu'il suivait depuis son acquisition. Les conditions dans les mines d'Afrique du Sud s'étaient bien arrangées depuis l'Apartheid. Max plaidait pour que cela continue, que le groupe capitalise sur sa bonne réputation.

Les grands chefs avaient soufflé, tapé du poing sur la table, minaudé. Soit on descendait « en toute sécurité » à trois kilomètres de profondeur (ce qui impliquait de modifier le rapport « indépendant » de Max), soit on fermait toutes les exploitations de la région.

Max avait vu le dénuement de ces travailleurs souterrains. Il s'était battu pour qu'ils aient des casques dignes de ce nom, et pour renforcer les fondations.

C'était à prendre ou à laisser. Tout dépendait de Max et de ses conclusions. Sans la mine, les mineurs mourraient de faim. Avec une mine plus profonde, ils risquaient de mourir tout court. Finalement, la balance bénéfice-risque jouait en faveur de la seconde proposition.

Max avait accepté de reprendre son rapport. Ils l'avaient eu à l'usure. Les détails lui échappaient maintenant. Mais cette sensation d'être sale lui collait encore à la peau.

La réunion finie, devant l'ascenseur, il avait eu la nausée.

Il avait passé un long moment, assis dans les toilettes. Quand il était ressorti, il s'était passé la tête sous l'eau. Il avait contemplé son visage blême dans le miroir.

Il sentit un souffle frais dans son dos. Il se retourna comme s'il espérait surprendre quelqu'un.

Il n'y avait que lui. Les portes des toilettes devant lui étaient ouvertes.

Il fit face à nouveau au miroir.

Au-dessus du reflet de son épaule gauche, il aperçut le visage meurtri de son grand-père.

Il baissa la tête comme sa grand-mère quand elle allait se confesser.

Il avait honte de lui. Honte de ce qu'il était devenu. À force de se renier, il s'était égaré.

32

Il avait retrouvé cette vue de New York dans la poche de sa veste. Julie avait dû la lui glisser le matin même. Elle avait écrit, au dos de l'image :

« Tout va bien se passer. À notre nouvelle vie, Je t'aime. J. »

Il était resté prostré au volant de sa voiture dans le parking de longues minutes, Times Square sous les yeux.

Il avait mis du temps à démarrer le moteur de sa Peugeot.

Il venait juste de s'insérer sur l'autoroute quand la pluie s'était abattue sur lui.

Max avait la sensation que cette averse lui était destinée. « Les larmes de Dieu », aurait dit son aïeule.

Sur son pare-brise, apparaissaient devant lui les visages sournois, inquiétants, culpabilisants des « grands » directeurs qu'il venait de quitter.

Puis il y avait eu le déluge.

Max se remémora cet extrait de la Genèse qui était reproduit au point de croix et encadré dans la chambre de sa grand-mère.

Et l'Éternel, voyant que la malice des hommes était grande sur la terre, et que toute l'imagination des pensées de leur cœur n'était que mal en tout temps,

Il se repentit d'avoir fait l'homme sur la terre, et Il fut affligé en Son cœur.

Et l'Éternel dit : J'exterminerai de dessus la terre l'homme que j'ai créé ; depuis les hommes jusqu'au bétail, jusqu'aux reptiles, et jusqu'à l'oiseau des cieux ; car je me repens de les avoir faits.

Quand Max en avait compris la signification, il avait été terrifié. S'il devait aller chercher les lunettes de sa grand-mère, oubliées sur la table de chevet, il baissait la tête. Dans son imaginaire de petit garçon, il risquait d'être maudit rien qu'à poser les yeux sur ces mots.

À la violence de la pluie qui s'abattait sur l'habitacle, Max se demanda s'il n'était pas vraiment maudit.

Des torrents de pluie se déversaient désormais sur l'autoroute.

Les Quatre Saisons de Vivaldi était diffusées à la radio. Max avait appris à jouer du piano. Sa mère avait insisté. Elle avait eu raison.

La pluie semblait suivre le rythme fracassant des cordes.

Le vent s'en mêla.

Le rythme cardiaque de Max s'accéléra avec le tempo *presto*.

Une partie de lui n'était plus dans cet habitacle soumis aux déchaînements des éléments. Il était de retour à Guantánamo, dans cette salle de réunion glaçante.

Plus que l'orage, Max ressentait la haine, le dégoût pour le son de sa propre voix. « Je vais corriger cela », s'entendait-il répéter, devant ses grands chefs, tous plus déplaisants et décevants les uns que les autres.

« Cela », c'était son rapport sur la sécurité de la mine. Corriger, c'était abdiquer.

La mélodie se fit plus lancinante. Il se mit à pleurer au volant de sa voiture.

Quand le premier éclair frappa à sa gauche sur le bas-côté, il regretta de ne pas en avoir été la cible.

Et puis le camion devant lui s'était renversé.

Max leva la tête vers Mme Schmidt.

Il entendait des oisillons pépier sans y prêter attention.

— Je…

Max se leva, puis se rassit.

Petit à petit, le gazouillis des oiseaux se transforma en un son continu et lancinant.

— Je… Je n'ai pas pilé. J'ai accéléré. Le crissement de freins que j'entendais ne venait pas de moi… Mais de derrière moi… Moi, j'ai foncé dans le camion.

Il se sentit agressé par une tonalité suraiguë.

Max cacha ses oreilles avec ses mains pour se protéger de ce son strident. C'était comme si une fine aiguille s'insérait dans ses tympans.

Mme Schmidt resta impassible. Ni cette agression sonore, ni la gravité des propos de Max ne semblait la perturber.

— Tu t'es suicidé ? C'est ce que tu viens de dire, Max ?

33

Au moment où elle avait prononcé ces paroles, le bruit strident s'arrêta. Comme si le fait de mettre des mots sur les pensées brumeuses de Max avait affecté le fond sonore.

— Ce que j'ai dit, c'est que j'ai vu une opportunité de mourir et que je l'ai saisie... Il devient moins honorable, le petit Max, dit-il en grimaçant.

— Je ne vois pas pourquoi, répondit Mme Schmidt. Ici, on ne porte pas de jugement sur la manière dont les gens meurent. Ni sur leur vie... On ne s'en sortirait pas. Imagine l'imbroglio que ce serait avec ceux qui, selon les critères des vivants, ont mené une vie ignoble, meurtre, tromperie, horreurs en tout genre, indignité et j'en passe, mais qui sont morts de manière « honorable », maladie, crise cardiaque, accident.... On ferait comment ?

— Je n'y avais pas pensé.

— Je vois cela !... On a déjà assez de travail avec les indécis. Alors si on devait faire le procès des vivants en plus... Rien que d'y penser, la tête me tourne.

Max se sentait encore pris en faute. Cette fois, il estimait que cette remontrance était exagérée. Il se souvenait très bien du suicide du fils de Papa Jean. Max n'était alors qu'un enfant.

Papa Jean venait de mourir, criblé de dettes. La cordonnerie allait être mise en vente. Et le fils de Papa Jean se retrouvait à la rue, sans le sou et sans travail. Il avait pris le fusil de son père, celui pour la chasse. Il avait tenté de viser la tête. Il s'était loupé en partie. Mais pas tout à fait. Il était sorti dans la rue et avait atterri dans les bras du facteur qui avait hurlé. Le boulanger était arrivé, puis le père de Max. Il était mort dans le camion des pompiers.

Une bonne partie du quartier avait assisté à la scène qui aurait fait pâlir les cinéastes les plus gores.

Son acte avait alimenté les conversations pendant des semaines et bien au-delà de la grand-rue où Max habitait et où la tragédie s'était déroulée.

Ceux qui le considéraient comme un bon à rien de son vivant voyaient en son geste la confirmation de ce verdict. D'autres lui reprochaient d'avoir été stupide jusqu'à la fin, en n'ayant pas prévu le recul du fusil. À cause de lui, le facteur était traumatisé.

Les paroles du diacre qu'il avait entendu à l'épicerie avaient particulièrement marqué Max.

— Le suicide est un péché mortel. Pour l'éternité, il devra assumer les conséquences de son abomination...

Cet homme gigantesque avait posé ses yeux noirs sur Max qui s'était senti encore plus petit. Max avait cette sensation désagréable que l'homme d'Église pouvait lire dans son âme, et même dans son futur. Car Max, lui, se disait que le fils de Papa Jean, il avait dû être très malheureux parce que son papa était mort.

— La damnation éternelle, petit ! avait conclu le diacre, en pointant son index vers Max qui avait sursauté.

Mme Parterre, l'épicière, avait hoché la tête. Le père de Max avait levé les yeux au ciel. Max n'avait jamais su ce que son père en pensait. Sur ce sujet comme sur beaucoup d'autres, le père de Max ne commentait rien. Il détestait prendre parti.

Quand ses parents en avaient parlé à la maison, ils s'étaient disputés.

— Pendant la guerre, tu aurais été suisse, s'agaça la mère de Max.

— Au moins, je serais resté en vie et j'aurais pu nourrir ma famille ! rétorqua son père

— Si ton père t'entendait... Lui qui était résistant.

— Et le tien, communiste...

Elle était sortie de la pièce en claquant la porte, ce qui n'était pas si fréquent.

Mme Schmidt avait dû s'apercevoir que le sujet du suicide avait fait divaguer Max.

— Prenons le sujet sous un autre angle. Réfléchissons-y ensemble en fonction des personnages du roman.

Il venait de lui dire qu'il avait voulu mourir et elle ne s'en émouvait pas. Pire, elle persévérait dans ses études stylistiques. Loin de la salle de classe, avec près de vingt ans de plus, il se disait qu'il n'était pas si amoureux d'elle. Il la soupçonnait même d'être pénible dans la vraie vie.

— Mon cher élève..., poursuivit-elle en prenant un air faussement professoral. Reprenons les bases. Il y a le héros... qui peut même s'avérer parfois antipathique. Pour notre exemple, prenons...

— Sherlock Holmes ! répondit Max.

Il aurait bien choisi un héros plus littéraire. Mais le seul nom qui lui venait à l'esprit était celui de Julien Sorel qui officiait dans *Le Rouge et le Noir* qu'il avait lu pour le bac. Mais sa mémoire s'était arrêtée au nom du héros. Il n'avait plus aucun souvenir de l'intrigue, ni des autres personnages.

Il se doutait que Mme Schmidt ne se contenterait pas de cela. C'était sa spécialité de cuisiner ses élèves. Et maintenant les indécis.

Au moins avec Sherlock Holmes, il était tranquille.

— Parfait ! Notre héros aura besoin d'aide... Ne serait-ce que pour dialoguer et rendre le récit plus vivant.

— Que serait Sherlock sans Watson ! enchaîna Max.

— Exactement. Mais pour que le lecteur s'intéresse à la quête du héros, encore faut-il qu'elle soit ardue, que d'autres l'en empêchent.

— D'où le Pr Moriarty, son pire ennemi !

— En effet, le héros n'existe qu'à travers les obstacles qu'il franchit, l'adversité qu'il tient en échec. Tu me suis ?

Mac acquiesça.

— Chacun joue un rôle dans un récit. Comme dans la vie. C'est pour cela que nous ne portons aucun jugement ni sur la vie de nos arrivants, ni sur la manière dont ils sont morts. Tout le monde a sa place. Ici, rien n'est juste ou injuste. Cela nous évite de créer des injustices.

Le fait d'avoir voulu mourir et d'avoir réussi ne portait donc pas à conséquence dans cet au-delà. Au lieu de se sentir libéré de ce secret, il éprouvait désormais une sensation de vide, de désœuvrement.

— Maintenant que tu te rappelles les circonstances de ta mort, Max, te sens-tu mieux ?

Il éclata de rire.

— Vous vous moquez de moi ?... C'est pire !

34

Une main frappa à la baie vitrée. Max crut distinguer une tête. Quelqu'un avait dû tomber d'un étage plus élevé.

Il se précipita pour ouvrir la fenêtre. Il attrapa la main, plutôt le poignet, non la manche en fait, avant de saisir le bras. Max interpréta les gestes erratiques de l'homme comme la preuve qu'il avait besoin d'aide. Un œil averti aurait envisagé, à l'inverse, que l'inconnu se débattait de cette soudaine emprise.

Max tira de toutes ses forces pour finalement atterrir sur le sol. L'homme tomba sur Max. Ses cheveux gris coiffés en catogan contrastaient avec sa peau mate. Il portait une tenue en Lycra noire, proche du corps, et des mitaines.

Il se leva et jeta son poing dans la figure de Max.

Max tomba en arrière sur la console. Le vase en céramique se brisa par terre, laissant les renoncules rose pâle étalées sur le parquet.

— Non, mais vous êtes malade ! l'invectiva Max.

— C'est vous qui êtes cinglé ! J'étais en pleine montée !

— En pleine montée ? Vous pendiez dans le vide. Et vous avez frappé à la vitre !

— Je frappais pour dire bonjour à Mireille.

Mme Schmidt lui fit un petit signe de main.

— Bonjour, Jeff ! Voici Max, s'exclama-t-elle en se levant de son siège.

— Vous vous connaissez ? cria Max.

— Jeff est un grimpeur hors pair… et un collègue… guide. Entre deux indécis, il fait un peu d'escalade. Et il vient nous rendre visite, nous offrir de la perspective.

Max oscillait la tête en signe de dépit. Il se mit à longer la pièce, en marmonnant.

— J'ai toujours pensé que l'escalade, c'était une activité de malades. Mais là, grimper sur un gratte-ciel à mains nues… Vous n'avez pas d'autres choses à faire ? Ça vous amuse de mourir à nouveau ?

— Ma pauvre Mireille, tu en as chopé un bien gratiné. C'est quoi, son problème ?

— Il s'est suicidé, répondit-elle sur un ton badin.

— Madame Schmidt, comment osez-vous lui dire ? C'était une confidence ! Et puis je ne me suis pas suicidé. C'est un peu différent… Je n'ai pas cherché à éviter la mort.

Jeff souffla, exaspéré.

— Toi, tu aimes bien jouer avec les mots. C'est déjà bon signe… Tu n'as toujours pas compris qu'ici, on s'en fout de tout cela. Et pour ta gouverne, on ne meurt pas dans la mort. Je ne suis jamais tombé de mon vivant. Je ne tombe pas mort. CQFD !

— Si vous le dites…

Le ton de Max s'était adouci. Jeff se dirigea vers le bureau. Il se servit un verre de whisky.

— Du Nikka, vingt et un ans d'âge, j'adore ! Vous avez bon goût, mon vieux ! Mireille, tu en veux ?

— Non, merci, répondit-elle en reprenant sa tasse de thé et sa place dans son fauteuil.

— J'aime beaucoup le Nikka également. Je l'ai découvert avec des collègues japonais dans un bar dissimulé au sous-sol d'un immeuble de Midtown… À Manhattan.

Max avait dévoilé cette anecdote sans arrière-pensée, avant de poursuivre.

— C'est drôle cette coïncidence : le Nikka, New York… Ce n'est pas comme si on était chez moi, je veux dire.

Jeff éclata de rire.

— Dis, Mireille, il est drôle ton gars ! Il n'est pas chez lui… C'est la meilleure ! Et tu crois qu'on est où ?

— Je ne sais pas. Mais si on était chez moi, vous n'y seriez pas ! répondit Max du tac au tac.

Jeff s'approcha de Max pour lui tendre un verre et trinquer avec lui.

— Pas mal, la réplique, apprécia Jeff. Il en a sous le capot !

— Vous êtes aussi dans l'automobile ? demanda Max.

— Tu peux me tutoyer, monsieur j'ai-avalé-un-porte-manteau. Figure-toi que j'étais pilote de formule 1 de mon vivant. Après je me suis mis à l'escalade et à la voltige aérienne.

— Vous... Je veux dire, tu... Tu aimais les risques... un peu moins la vie, je suppose ! dit Max, assez fier de lui.

— J'aimais la vie, donc j'aimais la vivre. Toi, je parie que tu étais du genre à faire des calculs savants pour éviter de mourir. Ma main à couper que tu faisais attention à ton cholestérol et que tu te privais de tout ce que tu aimais, comme la charcuterie, les fromages...

— Comment vous savez ? Vous avez un rapport médical sur les nouveaux arrivants ? demanda Max aux deux guides.

Rien ne pouvait plus le surprendre.

— Nope ! répondit Jeff. Mais j'ai vu juste, n'est-ce pas ?

— On a diagnostiqué à mon grand-père, puis à mon père un diabète de type 2. Ce qui implique que je suis à risque. « Prédisposition génétique », a dit mon médecin. Alors oui, je fais, enfin je faisais, attention à mon alimentation.

— Rappelle-moi, mon gars, tu es mort à quel âge ?

— Trente-trois ans.

— L'âge du Christ ! Et moi, j'ai explosé en vol à soixante-cinq ans. Comme quoi prendre des risques, ça ne fait pas mourir !

— Sauf si on meurt pendant que l'on prend des risques. Vous vous êtes craché pendant une démonstration de voltige, je suppose...

Max était fier de lui. Le Jeff faisait le malin mais la voltige, c'était dangereux. La preuve, il en était mort !

— J'aurais préféré ! Au moins, j'aurais vu la descente ! Là, c'était un bon vieil avion de ligne. Un A340. Problème électronique. Ça explose en vol aussi bien qu'un petit coucou !

— Mon Dieu ! J'ai pris tellement de vols pour mon travail. L'A340, un si bel avion...

— En tout cas, quand je suis arrivé ici, je n'avais pas de regrets. Ma vie avait été cool ! Mais la suite sera encore meilleure ! J'aide encore quelques indécis et puis je me casse dans une bonne fiction.

— Le roman d'aventures s'impose, sourit Max. Comme ce livre avec des alpinistes... que j'ai lu au collège...

— *Premier de cordée* de Roger Frison-Roche ? suggéra Mme Schmidt.

— Oui, c'est cela !

— Oh mon Dieu, non ! Choisir le genre qui me colle à la peau… Quel gâchis !

— Vous ne pensez pas que vos aventures sont suffisantes pour inspirer un auteur ?

— Si c'est pour refaire ce que j'ai déjà fait, je vais me marrer ! dit-il en levant les yeux au ciel. Si seuls les aventuriers inspiraient les romans d'aventures, le monde serait mal barré ! En fait, c'est presque le pire scénario, si tu veux mon avis.

— Pourquoi ? l'interrogea Max déconcerté.

— La littérature, c'est l'imagination. Quand on maîtrise trop bien un sujet, on a plus de chance d'ennuyer le lecteur avec des détails techniques sans intérêt, de négliger la fiction. C'était quoi, ton boulot ?

— J'étais en charge de la sécurité pour un groupe qui exploitait des mines.

— Ça, ce n'est pas commun, dit Jeff en adressant un petit sourire narquois à Mme Schmidt. Maintenant, imagine un peu un roman sur un mec qui est en charge de la sécurité dans les mines inspirées par toi, monsieur je-risque-d'avoir-du-diabète.

Jeff éclata de rire. Mme Schmidt se retint, puis elle ajouta en gloussant :

— Le récit serait plus divertissant s'il mourait dans un accident de voiture, qu'il arrivait chez nous et qu'il était indécis.

Les deux guides partirent alors dans un fou rire. Comme souvent, Max ne partageait pas leur humour. Mais il essaya de ne pas trop le montrer.

— OK, très drôle. Il me semble que les péripéties d'un pilote de formule 1 sont plus divertissantes que celles d'un ingénieur. Mais bon, qu'est-ce que j'y connais en littérature ? Si vous ne voulez pas faire profiter les lecteurs de vos expériences, c'est votre problème. Alors, c'est quoi votre plan ?

Les propos de Max, son calme soudain avaient mis un terme au rire des deux guides.

— Moi, j'aimerais être à l'origine d'un nouveau genre littéraire, annonça Jeff.

— Ah bon, c'est possible ? Vous feriez comment avec les salles d'attente ? s'interrogea Max.

— Ici, tu peux inspirer ce que tu veux... Pour ranger les livres dans les bibliothèques et les librairies, on a besoin de cases. Mais ce n'est que par facilité. Il faut trouver un genre pas trop éloigné de ce que tu proposes. Et après, tout est une question de rencontre avec un visionnaire.

— Qui serait ?

— Un auteur de la trempe de Paul Auster. À ses débuts en particulier, quand il a écrit la *Trilogie new-yorkaise*.

— Très juste. Un polar qui n'en est pas un, commenta Mme Schmidt en direction de Max. C'était très novateur à sa sortie.

— Ou un écrivain qui a du cran, qui suscite le débat, qui cultive ses bizarreries. Un Houellebecq. Un Bukowski.

— Bukowski, son nom me dit quelque chose, commenta Max. Il n'avait pas un problème avec l'alcool ?

— Je suis convaincu que l'alcool ouvre plus clairement les portes de notre monde aux artistes, répondit Jeff en avalant son verre cul sec.

Max ne comprenait pas Jeff. Il avait tout pour inspirer convenablement un auteur avec sa vie. Pourquoi prendre le risque de n'inspirer personne ou de finir dans un ovni littéraire qui ne rencontrerait aucun public, et peut-être même aucun auteur ?

Toutes ces conversations si loin des préoccupations terre à terre qu'il avait connues dans sa vie l'épuisaient. Il s'assit sur le canapé avec son verre, qu'il avait à peine bu.

— Vous croyez que c'est une bonne idée de boire de l'alcool ? demanda-t-il à Mme Schmidt. Il vaut mieux que je garde les idées claires pour me décider, non ?

Jeff s'avança vers lui et lui demanda :

— Tu es toujours aussi chiant ?

Max baissa les yeux. Jeff s'assit à côté de lui, la bouteille à la main. Il lui donna un léger coup de coude.

— Il faut que tu te ressaisisses. Bois d'une traite !

35

— Bon, laisse-moi deviner… Tu ne te marrais pas tous les jours dans ton boulot.

— J'étais…

— On s'en fout des détails… Tu travaillais trop. Ça manquait de sens. Tu n'avais pas assez de reconnaissance. Au-dessus de toi, c'étaient des connards assoiffés de pouvoir et de pognon. Je chauffe ?

— C'est Mme Schmidt qui t'a dit…

— Non, ça se voit sur ta tronche !

Vu le contexte, Max se demanda si Jeff pouvait réellement lire son abattement professionnel sur son visage. Il imagina son visage tatoué de mots comme « lâche, nul, imposteur, profiteur, assassin ». Tout était possible.

Max s'avança vers la table basse en verre. Il aperçut son reflet. Il n'était pas très net. Il se toucha le visage. Non, vraiment il ne distinguait pas de traces d'écriture.

Jeff s'apprêtait à lui faire une réflexion quand Mme Schmidt prit la parole.

— Jeff, tu as été très clairvoyant comme toujours. En effet, Max avait des difficultés professionnelles.

— Et pas de vie perso ! s'exclama le guide.

— C'est faux ! J'étais en couple avec Julie depuis deux ans.

— Félicitations ! Mais pas d'enfants...

— En effet, dit-il en baissant le regard.

— Ça ne se voit pas, je te rassure ! Mais ça s'entend ! Si tu en avais eu, tu en aurais déjà parlé.

Max fixait ses pieds comme s'il les découvrait pour la première fois.

— Ce n'est pas une tare de ne pas avoir de gosses. Moi, j'en ai eu quatre avec trois femmes différentes. Les enfants, c'est le plus grand risque que tu puisses prendre. Avec ton profil, ce n'est pas étonnant que tu aies passé ton tour.

Max porta son verre à ses lèvres, puis le reposa sur l'accoudoir du canapé.

— Je ne suis pas certain que tous ceux qui ont des enfants soient des aventuriers..., répondit Max.

— Tu as raison... La plupart des gens sont endormis par leurs hormones. Et le conformisme social. Mais ceux qui réfléchissent vraiment avant de faire un gamin, ils savent qu'ils prennent un risque énorme.

— Quel risque ? l'interrogea Max.

— Le risque de perdre leur tranquillité, leur liberté, en premier. Puis celui que le gamin tourne mal ou soit compliqué ou ne trouve pas de boulot ou soit malheureux. Et évidemment, le pire c'est la perte. Quand on est parent, le plus grand risque que l'on prend, c'est de perdre son enfant, qu'il lui arrive quelque chose.

— Qu'il finisse ici ?

Jeff avait les yeux embués.

— Oui, ici… ou ailleurs… On veut juste être avec eux, les savoir heureux… Désolé, mec. Ça me fait penser à mes gosses. Je suis un sentimental !

Cet élan d'émotions embarrassait Max, mais Jeff se reprit rapidement.

— Pas de gosses, un boulot qui n'a plus de sens mais qui en avait, avant… Tu étais le genre idéaliste… Le genre qui espérait que son travail allait servir à quelque chose, à améliorer le monde…

— À mon échelle…

— Ici, il n'y a plus d'échelle. Tu peux voir grand, mon gars ! Tu n'as pas changé de job parce que tu flippais, c'est ça ?

— Je pensais que ce serait pareil ailleurs. Et il y avait aussi cette opportunité à New York… Et puis j'étais bien payé.

— L'argent… La pire invention de l'humanité. Quand les gens n'en ont pas, c'est la merde. Quand ils en ont, ils ont peur de le perdre. Donc ils font de la merde !

Ces propos agacèrent Max. Ses études d'ingénieur avaient coûté cher justement. Ses parents s'étaient sacrifiés pour l'aider. Son père n'avait pas pu remplacer sa vieille Citroën CX. Sa mère n'était jamais retournée en Grèce comme elle en rêvait. Alors, tout envoyer balader, c'était réduire à néant leurs sacrifices.

— La bonne nouvelle, c'est qu'ici, pauvre, riche, endetté, cela n'a aucune importance, renchérit Jeff.

— Ici peut-être..., soupira Max. Encore faut-il avoir les moyens d'inspirer...

— Ce que veut dire Jeff, c'est qu'il ne s'agit pas de moyens financiers, le coupa Mme Schmidt. Ici, ce n'est que toi. Et cela ne dépend pas de ton argent, de tes études, ni même de ton expérience, mais de ce que tu aimes, de ce à quoi tu rêves. C'est ce qui te fait vibrer qui inspirera ton auteur. Car c'est ce qu'il aura envie de transmettre à ses lecteurs.

— Et les lecteurs, il y en a de toutes sortes, précisa Jeff. Des intellos, des prolos, des aventuriers, des jeunes, des vieux, des gens qui lisent pour s'instruire, d'autres qui ne cherchent qu'à se vider l'esprit. Les jeux sont ouverts !

— Je suis content que vous parliez de l'éternité comme d'un jeu, se lamenta Max. Et si je me trompe ?

— Tu crois quoi ? Que tu vas mourir une seconde fois ?

Jeff éclata de rire.

— Tu es désespérant, mec ! reprit-il en tapant dans le dos de Max.

— Moi, c'est Max ! Il n'y a que les clochards ou les ivrognes pour appeler les gens « mec » ou « mon gars » !

— Ah, voilà ! Enfin, tu te lâches ! Maintenant, tu prends cette énergie et tu la mets dans un genre.

Max posa sa tête dans ses mains.

— Quel genre ? Par pitié, aidez-moi !

— On peut te donner des idées. Mais il n'y a que toi pour décider.

Jeff se leva comme s'il avait entendu une voix.

— Merde ! Faut que je file. Je dois aller secouer les puces de l'indécis de Valmy ! Le type est mort dans l'incendie de sa baraque. Il n'a pas pensé à se réveiller, trop bourré ! Et là, il n'a pas l'air plus frais... Et le temps tourne, conclut Jeff en imitant les aiguilles d'une montre en train de tourner sur son poignet gauche.

Le grimpeur ouvrit la fenêtre et jeta un dernier regard en direction de Max et Mme Schmidt.

— *Hasta la vista !*

Il se frotta les mains et s'élança vers le haut de l'immeuble. Max ne put réprimer un « Oh ! Mon Dieu ».

36

Mme Schmidt enleva ses lunettes. Elle porta l'une des branches à sa bouche.

Elle croisa ses jambes, puis les décroisa avec la grâce d'une danseuse étoile juchée sur des hauts talons. Sa jupe droite se relevait sur ses cuisses.

Un homme mort pouvait-il ressentir son entrejambe ?

Il se sentit aussi honteux et mal à l'aise que lorsqu'il observait sa très chère professeure se promener entre les rangs pendant les inévitables contrôles. Elle remontait ses cheveux en chignon, réajustait ses attaches avant de les laisser retomber sur ses épaules.

Tout comme à l'époque du collège, Max était convaincu qu'elle avait conscience des effets qu'elle produisait sur lui et jouait avec ses nerfs, et son sexe. À distance.

À croire que les guides dans cet au-delà relevaient de sorciers-marabouts sans foi ni loi.

Elle croisa ses jambes à nouveau. Max n'en pouvait plus. Et si c'était le moment d'assouvir son désir ? Peut-être était-elle là pour cela ? Certaines religions promettaient bien des vierges au Paradis.

Son paradis à lui, c'était peut-être ce fantasme d'adolescent enfin comblé.

Elle doucha son désir d'adulte en une phrase.

— Le fantasme, Max, c'est bien. Cela te sera très utile pour inspirer ton auteur. Si telle est ta volonté, la littérature érotique t'attend. Tu y retrouveras peut-être Odile si finalement, elle fait ce choix. C'est un genre qui est très tendance.

Son sérieux le glaça. L'image d'Odile le dégoûta.

— Heu...

— Je te l'ai déjà dit, Max. Je ne porte pas de jugement. La littérature ne peut se permettre de snobisme.

— Vous voulez dire « il faut de tout pour faire un monde ».

— Oui, et ce quel que soit ce monde...

Il n'osait pas la regarder dans les yeux.

— Notre objectif n'est pas d'analyser les choix de vie que tu as pu faire. C'est du passé. Il faut arrêter de te voir comme la somme de tes choix. C'est l'inverse. Ce que tu décides aujourd'hui définira le personnage que tu seras. Tu es qui tu choisiras d'être, et non qui tu as été. C'est pour cela que Jeff a partagé ses réflexions avec toi.

— C'est vous qui l'avez fait venir, n'est-ce pas ?

Mme Schmidt ne répondit pas.

— J'en étais sûr ! Le hasard n'existe pas ici, encore moins que dans la vie. Tout est calculé.

— J'ai pensé que tu avais besoin de rencontrer Jeff, car c'est un homme qui a pris des risques toute sa vie, et il n'en est pourtant pas mort.

— Moi, je n'en ai pris aucun et je suis mort dans ma voiture !

— Ici, comme dans la vie, la plupart des gens ne se posent pas de questions. Ils se dirigent vers l'évidence. Ils ont tellement lu un type de fiction que celle-ci s'impose à eux. S'ils y réfléchissaient à deux fois, ils stresseraient plus, crois-moi !

— C'est sûr ! dit Max en portant son verre à sa bouche.

— Tu fais partie des êtres qui réfléchissent, qui se projettent, qui anticipent.

— Anticiper les risques, c'était mon travail.

— Oui, tu peux te dire que c'est une déformation professionnelle. Mais le travail, on le choisit aussi parce qu'il résonne en nous... Si tu n'avais pas eu cette tendance à t'inquiéter, à planifier, tu aurais probablement choisi une tout autre voie. Mais ce n'est pas la question.

Non, ce n'était pas le sujet, en effet. Mais si Max avait opté pour un autre emploi, sa vie, sa personnalité si anxieuse auraient-elles été différentes ? Le fait d'envisager tous les risques possibles à longueur de journée l'avait-il conduit à devenir ce type frileux, inquiet, et désormais indécis ?

Mme Schmidt posa sa tasse sur la table ; le tintement coïncida avec le son d'un gong, comme celui que la professeure de yoga de Julie utilisait pour signaler la fin du cours.

— Je ne sais pas si cela t'aidera, mais j'ai décidé que tu serais mon dernier indécis, dit Mme Schmidt.

Max s'étouffa. Il lui fallut une bonne minute pour reprendre son souffle. Elle venait de sonner la fin du cours.

— Ça va, Max ?
— Vous avez choisi ?
— Oui, grâce à toi !

Max avait envie de pleurer. Il se sentit abandonné. Il se remémora ce jour au supermarché où il s'était égaré. Il avait quatre ans. Il était seul, minuscule au milieu des étalages de boîtes de conserve. Une dame l'avait conduit à l'entrée. Il entendait encore les haut-parleurs résonner : « Le petit Max attend sa maman à l'accueil du magasin ».

— Quel genre ? demanda Max d'un ton aussi curieux qu'agressif.

— Tu ne le sauras que lorsque ta propre décision aura été officialisée.

Max hésita à demander s'il pouvait prendre sa place de guide. Mais il craignait qu'elle ne lui rie au nez. Lui-même riait intérieurement de cette idée. Quel piètre guide il ferait. Un guide mal dans sa peau, ignorant les lettres modernes et classiques.

Il se voyait errer avec son indécis dans les méandres des rues aussi glauques qu'eux.

Max se dirigea vers Mme Schmidt.

L'instant d'après, Max et Mme Schmidt en jeans bleu clair, vestes assorties et Converse se retrouvaient sous un porche. Il tombait des trombes d'eau dans la ruelle pavée.

Quelques silhouettes dissimulées dans des imperméables pressaient le pas sous des parapluies noirs.

Mme Schmidt attrapa la main de Max, et avant de se lancer, se retourna vers lui en disant : « Si on reste là, on se transforme en poisson. Et moi, j'ai plus... »

Max finit sa phrase : « ... de mémoire qu'un poisson rouge ! »

37

Cette phrase, c'était Garance qui l'avait prononcée, le soir de leur premier rendez-vous.

Il l'avait emmenée dans un lieu incongru comme seul Paris sait les inventer. Un café-théâtre au pianiste médiocre dans lequel les clients servaient de cobayes à des apprentis humoristes. L'endroit était abordable pour ses finances d'étudiant.

Pendant tout le spectacle pitoyable, il avait craint le jugement de Garance, étudiante en lettres modernes à la Sorbonne. Il l'avait rencontrée la semaine précédente lors d'une fête chez des amis.

Garance s'était dirigée vers la sortie en silence. Puis elle s'était retournée vers lui, en lui présentant son sourire le plus charmant : « C'était nul, mais qu'est-ce que c'était drôle ! » Elle riait, et ses yeux en pleuraient.

Puis il s'était mis à pleuvoir et ils avaient attendu dans cette ruelle, sous ce minuscule porche à l'étanchéité incertaine. Et elle lui avait pris la main avant de prononcer cette phrase : « Si on reste là, on se transforme en poisson. Et moi, j'ai plus de mémoire qu'un poisson rouge ! » La suite se devine.

Max était amoureux.

Max avait trouvé dans cette fille d'un mètre soixante, à la coupe garçonne et aux formes inexistantes son rayon de soleil. C'était Jean Seberg, sortie d'*À bout de souffle* de Jean-Luc Godard (qu'il avait découvert grâce à Brune au collège). Garance était venue bousculer les années quatre-vingt-dix et, par la même occasion, sa vie.

Pour elle, il acceptait tout. Les week-ends consacrés à la lecture dans son studio, à côté de Saint-Michel où elle avait grandi. Les vernissages dans les galeries d'art du VIe arrondissement où elle s'incrustait avec aisance. Les séances nébuleuses dans les cinémas d'art et d'essai du Quartier latin. Les rendez-vous galants à la bibliothèque Sainte-Geneviève.

Elle lui prodiguait des « soins pour son âme » : Françoise Sagan, Albert Camus, Simone de Beauvoir, Jean-Paul Sartre, Paul Auster, Virginia Woolf, Milan Kundera, Franz Kafka, et d'autres dont il avait oublié les noms.

Garance vérifiait que Max se conformait à sa prescription littéraire. Le suivi était précis, épuisant. Max devait lui faire un résumé de sa lecture. Il s'ensuivait un débat passionné dont il se sentait étranger. Le tout au Café de l'Odéon, où se bousculaient les prétendants au statut d'écrivain, d'intellectuel, et de Parisien.

Le soir, elle le berçait au son des vers de Baudelaire, Rimbaud ou Apollinaire.

Après une année d'idylle, elle était partie en Afrique. Elle participait à un programme d'alphabétisation. Il irait la rejoindre après sa dernière année d'école d'ingénieur. Il se voyait inventer de nouvelles techniques pour améliorer l'accès à l'eau potable. Ils feraient le tour du monde. Elle se rêvait en Marguerite Duras. Lui, aimait l'idée d'être son amant.

Elle n'était jamais revenue.

Les images défilèrent en « marche arrière » à la manière d'une cassette VHS que l'on rembobine. Puis le film des souvenirs reprit en marche avant, au moment où il entrait dans son immeuble du XIIIe arrondissement.

Il se voyait monter les marches pour rejoindre sa chambre de bonne.

La concierge lui glissait le courrier sous sa porte car il n'avait pas sa propre boîte aux lettres.

Ce jour-là, il avait trouvé une lettre de Garance. Cela faisait deux semaines qu'elle ne lui avait pas écrit. Une éternité !

Sur l'enveloppe, elle collait des autocollants « By Plane » et « For You ».

Il prenait son temps. Il aimait la lire. Elle savait lui écrire. Chaque lettre était trop courte malgré ces quinze pages à l'écriture minuscule et régulière.

Il s'était allongé sur le lit et avait humé son parfum sur l'enveloppe.

Quand il s'était décidé à l'ouvrir, le « Cher Max » au lieu de « Mon amour » l'avait poignardé en plein cœur.

Elle avait rencontré un journaliste anglais, un homme de lettres sorti d'Oxford. « Avec toi, j'avais l'impression que c'était faux. On peut s'obliger à lire mais pas à vivre la littérature », avait-elle écrit.

Il avait déchiré la lettre de rage avant de chercher à rassembler les morceaux. Il avait perdu quelques minuscules bouts. La missive scotchée de part en part, trouée par endroits, reproduisait assez fidèlement l'état de son cœur en décomposition.

Il était resté cloué au lit pendant la semaine suivante. Sa mère décédée venait lui rendre visite dans ses rêves. La concierge passait quant à elle dans la journée : « Il faut manger, mon petit Max. Une de perdue, dix de retrouvées ! »

Il n'en retrouva aucune comme elle.

Il tenta des actions désespérées dont il avait honte désormais. Il lui avait écrit. Beaucoup. Trop. Des lettres où il lui déclarait son amour inconditionnel tout en l'insultant de s'être jetée dans les bras du premier venu. Une fois, il avait menacé d'en finir avec sa vie qui n'avait plus de sens.

Il ne se souvenait pas de tous les détails. Et c'était probablement mieux ainsi.

Elle ne lui répondit jamais. Au bout de quelques mois, ces courriers lui revinrent avec un tampon : « Destinataire inconnu à cette adresse ».

Max ne pouvait se résoudre à ne plus communiquer avec elle. Il passa des heures au café où ils avaient leurs habitudes. Il s'asseyait toujours au même endroit. Il ressentait sa présence dans l'odeur du cappuccino, dans les bribes de conversation qu'il captait sur Dostoïevski, dans le rire de ces filles au regard espiègle. Il espérait qu'elle serait de retour en France, ou de passage au moins.

Un jour, il s'était levé, avait payé son café et était allé sonner chez ses parents qui habitaient à deux pas. Il les avait croisés à de rares occasions.

Sur le palier de leur appartement cossu donnant sur le Panthéon, la mère de Garance lui avait répondu qu'elle n'était pas là. Elle préparait son mariage dans leur maison sur la Côte d'Azur. Max s'était mis à pleurer. Comme ça, sur le paillasson.

La mère de Garance gênée lui avait proposé d'entrer, de prendre le thé. Il était parti en courant.

Jusqu'à sa mort, il avait évité les Ve et VIe arrondissements, et en particulier la rue Soufflot. « Trop mal fréquentés », plaisantait-il quand Julie souhaitait se promener dans le jardin du Luxembourg.

Après cette histoire, il avait évité les femmes en général, et la culture en particulier.

Dans l'industrie minière, il avait eu la sensation de retrouver ses racines, loin des intellectuels parisiens, alors même qu'il était entouré de cadres surdiplômés.

Il appartenait à la communauté des travailleurs manuels, à sa manière.

Depuis qu'il était mort, il n'avait jamais fait le rapprochement entre la lecture et Garance. Soudain, il comprenait pourquoi il s'était interdit de lire, pourquoi depuis son arrivée, il se sentait si misérable dans ce monde fait pour celle qui l'avait tant fait souffrir.

Il s'arrêta sous la pluie au milieu d'une rue typique du Quartier latin, devant une librairie. Il posa ses mains sur sa poitrine. Et il hurla à Mme Schmidt :

— La littérature a brisé mon cœur !

Il abaissa ses mains. Dans sa paume, se logeait en morceaux un cœur rouge en verre soufflé, comme celui que Julie avait rapporté de leur visite des verreries de Murano.

38

C'était trois mois avant sa mort. Max avait résisté longtemps à ce voyage à Venise. La quintessence du tourisme de masse, une parodie de l'amour, selon lui.

Julie l'avait convaincu en lui proposant de s'y rendre en hiver.

Ils avaient connu la cité sous la neige, immaculée. Ils avaient déniché des trattorias typiques et déambulé sur des quais dépeuplés.

Il s'était réconcilié avec Venise, et d'une certaine manière avec l'amour.

Il s'en rendait compte désormais.

Quand Max avait rencontré Julie, sa rupture avec Garance était bien digérée, en tout cas le pensait-il. Dix années s'étaient écoulées. Une vie quand on est jeune.

Il avait connu quelques filles, des histoires vouées à l'échec. Et cela ne le perturbait nullement. Au contraire, l'attachement lui était inconcevable.

À vingt ans, Max avait perdu, coup sur coup, sa mère et Garance.

Quand il avait rencontré Julie, il était resté sur son souhait très conscient de ne pas vouloir se lier, encore moins de manière définitive. Il se dévouait corps et âme à son métier.

Ce que Max n'avait pas prévu, c'était que Julie n'était pas comme toutes les femmes qu'il avait croisées jusqu'alors.

Un collègue lui avait donné son numéro sans tarir d'éloge à son sujet : « La seule dentiste au monde qui te fait un détartrage en frôlant à peine tes gencives... Elle a un don ! Elle est aussi douce que jolie. Si je n'étais pas marié... »

Max détestait ce type de réflexions machistes. Et il avait tellement mal à sa molaire que tout ce qui l'intéressait, c'était d'être soigné. Un vieux dentiste acariâtre lui aurait tout aussi bien convenu.

Elle avait accepté de le prendre en urgence. Il arrivait de banlieue en voiture. Elle l'attendrait. Elle n'était pas pressée.

Il avait sonné à la porte de son cabinet un soir de février. Il faisait nuit. Elle avait ouvert, souriante, dans sa blouse blanche.

Son assistante était partie. Il était désolé d'être aussi en retard. Le périphérique intérieur était congestionné.

Il la suivit. Elle marchait d'un pas léger mais rapide, juchée sur des escarpins beiges.

Ses cheveux blonds attachés en queue-de-cheval mettaient en valeur son port de tête.

Il s'installa sur le fauteuil dentaire. Chacun des gestes de Julie était précis, posé tout en étant d'une rapidité extrême.

Elle lui prescrivit des antidouleurs et lui dit de revenir pour un contrôle.

En temps normal, Max aurait été excédé de devoir traverser à nouveau Paris, de perdre du temps à ces broutilles. Il aurait choisi une date éloignée qu'il aurait décalée à plusieurs reprises jusqu'à l'annuler.

Pourtant, cette fois, il opta pour le premier rendez-vous qu'elle lui proposa la semaine suivante. Il serait encore le dernier patient de sa journée. C'était plus simple s'il était en retard.

Il lui promit qu'il serait à l'heure. Elle le rassura : « Faites au mieux. J'ai toujours de la paperasserie pour m'occuper. »

Ce jour-là, il quitta plus tôt son travail pour anticiper les embouteillages. Il avait choisi un costume ajusté ainsi qu'une nouvelle chemise. Il s'était parfumé, rasé de près.

Elle était fidèle à sa première impression. Souriante, professionnelle, joviale.

À la fin du soin, alors qu'il enfilait son manteau, il se lança.

— Il est tard. Si vous n'avez rien de prévu, on pourrait aller manger un morceau. J'ai vu qu'il y avait un restaurant italien, juste à côté.

Il regrettait déjà ses propos. Elle travaillait. Elle n'était pas là pour se faire draguer. Il s'en voulait déjà. Il devrait trouver une autre dentiste. La honte l'empêcherait de revenir. Et elle ne voudrait plus le soigner non plus.

— Coréen, plutôt ? Il y en a un excellent dans le passage, juste derrière.

Max mit quelques instants à saisir le sens de ses paroles.

Il murmura un « OK » inaudible.

Julie rayonnait de gentillesse. Ses yeux s'illuminaient.

— Vous me donnez deux minutes ? lui demanda-t-elle.

— Même trois, répondit-il retrouvant un peu de couleur.

La suite fut tout aussi rapide et naturelle.

Julie venait de se mettre à son compte. Elle travaillait beaucoup. À l'inverse de toutes ses précédentes petites amies, elle s'arrangeait très bien des déplacements de Max.

Il appréciait son humeur constante, sa capacité à s'adapter à lui, à son mode de vie.

Elle aimait manger exotique et partir en vacances à l'autre bout du monde.

Julie n'était pas de ces filles qu'il fallait rassurer. Elle voyait ses copines pendant la semaine, faisait du yoga, avait toujours de nouveaux projets. Elle était bien dans sa vie, et Max aimait cela chez elle.

Ils s'installèrent ensemble par opportunisme. L'affection en plus.

Ce que Max n'avait pas anticipé, c'était les attentes de Julie, celle d'officialiser leur union. Avec un enfant, par exemple.

— Tu n'en veux pas, ou tu n'en veux pas avec moi ? lui avait-elle demandé un soir de grande lassitude.

Julie était allée rendre visite à sa sœur cadette qui venait d'avoir des jumeaux. Elle s'y était rendue seule, alors que Max devait l'accompagner. Il avait joué de malchance. Son avion qui devait le ramener du Congo avait été retardé puis annulé. Il avait dû passer par Doha pour rentrer. Il était épuisé. Elle était excédée.

— Je ne sais pas, Julie... On peut en parler un autre jour ?
— J'ai besoin de savoir, avait-elle répondu. Que tu te décides pour que je me décide.

Elle avait insisté sur le *tu* et le *je*.

Max n'avait rien décidé du tout. Il avait suffisamment de responsabilités dans son travail pour ne pas s'encombrer de nouvelles obligations. Quand il pensait aux enfants, il n'envisageait qu'une somme de contraintes financières, organisationnelles, émotionnelles.

Il ne se sentait pas prêt à être père. Comme il ne se sentait pas prêt à devenir un personnage de roman. Il se fichait de l'immortalité, de la pérennité de son être à travers un enfant ou une œuvre de fiction. Tout ce qu'il voulait, c'était vivre simplement, faire son travail honnêtement.

S'ils avaient eu un enfant, peut-être aurait-il évité ce camion sur l'autoroute, peut-être aurait-il réussi à s'opposer à ses chefs, à s'imposer ou simplement à démissionner.

Après cette conversation, Julie n'avait plus été tout à fait la même. Elle attendait une réponse. Il le savait. Et elle savait qu'il savait.

C'était dans cette ambiance qu'ils s'étaient rendus à Venise. Il s'était occupé des billets d'avion. Une manière de se racheter, dans tous les sens du terme.

Elle avait réservé une chambre dans un charmant hôtel du Dorsoduro.

À l'aéroport, Max avait surpris Julie en préférant un bateau-taxi au vaporetto collectif.

Emmitouflés dans une couverture bleue, leurs joues rougies par le vent glacé, ils étaient rentrés par le Grand Canal. Julie rayonnait. Max lui parla de la promotion qu'on venait de lui proposer à New York.

Il pouvait l'avouer maintenant : New York lui avait semblé être une bonne diversion. Peu de villes pouvaient rivaliser avec le désir d'enfant. Elle avait tant rêvé de vivre à l'étranger. Plusieurs fois, en raison du métier de Max, la question de l'expatriation s'était posée, mais elle ne se voyait pas s'installer au Cap ou dans une contrée encore plus reculée.

Devant l'église Santo Stefano, un quatuor jouait *Les Quatre Saisons*, l'hymne de la cité des Doges. Il neigeait. Elle s'était accrochée au bras de Max.

— À New York, il neige aussi en hiver, lui avait-elle murmuré à l'oreille.

— Il faut s'habituer, avait-il répondu avant de s'échapper de son étreinte pour lui jeter une boule de neige.

Son geste avait été si spontané, si soudain qu'il redoutait la réaction de Julie.

Elle éclata de rire, passa son gant sur un muret enneigé et se vengea.

Ils étaient repartis main dans la main ; elle avait la tête posée sur son épaule.

Ils avaient marché jusqu'au Caffé Florian où ils avaient bu un chocolat chaud. Il lisait dans ses yeux tout l'espoir qu'elle mettait en lui.

Elle lui rappela Brune qui lui avait proposé le rôle de Christian. Elle aussi avait cru en lui. Il l'avait déçue.

Lui aussi s'était déçu ce jour-là.

Julie l'aimait. Et lui tout autant. Mais ce n'était pas cette passion dévorante qu'il avait ressentie pour Garance. C'était bien plus réel.

Max savait qu'ils devraient revenir sur cette question d'enfants. Mais il en était incapable comme il était incapable de parler de la mort.

En attendant, il avait laissé Julie rêver d'une nouvelle vie new-yorkaise alors même qu'il ne voulait pas de cette promotion et que son travail le torturait jour et nuit.

De là où il était désormais, tout cela semblait absurde. Il aurait pu démissionner, envisager un autre type de missions ou même une reconversion. Julie l'aurait soutenu, si elle avait su. Il n'arrivait pas à lui en parler.

Si seulement il avait eu une Mme Schmidt à ses côtés, un temps imparti pour l'obliger à choisir.

Il savait que son passage sur Terre n'était que temporaire. Mais il ne se sentait pas contraint par le temps, pas obligé de se décider dans l'immédiat.

Dans l'au-delà, ils avaient tout compris : l'indécision était un poison dont l'effet se décuplait avec le temps.

39

Mme Schmidt s'avança vers lui, ruisselante. La pluie la faisait rayonner.

À chaque pas, elle changeait de visage. De sa professeure de lettres, elle passa à sa mère à la trentaine, puis à Brune, puis de nouveau à sa mère à la quarantaine, puis à Garance, puis à des femmes au faciès flou, et enfin il reconnut le doux sourire de Julie.

Elle se tenait devant lui. Mais qui était cette femme ? Mme Schmidt ? Julie ? Toutes les femmes qu'il avait aimées ?

Elle posa ses mains sur le cœur brisé que Max tenait.

Elle l'embrassa. Ses lèvres étaient chaudes. Il ferma les yeux.

Quand il les rouvrit, il sentait le cœur battre dans ses mains. C'était un vrai cœur avec des vaisseaux sanguins, des ventricules et un battement calme, précis.

Il eut un réflexe de rejet avant de resserrer ses mains de peur de le laisser tomber.

Elle lui sourit, repoussa les mains de Max vers sa poitrine afin que son cœur retrouvât sa place.
Une chaleur plaisante se propagea dans le torse de Max.

Il regarda sa poitrine et eut la vision d'un nénuphar, comme dans *L'Écume des jours*, le roman préféré de Julie. Elle lui en avait parlé lors d'un de leurs premiers rendez-vous. Il s'était refermé, objectant qu'il détestait lire. Elle avait eu un instant de recul. Max était libre de ne pas apprécier ce qu'elle aimait. Mais la violence de sa réaction l'avait embarrassée. Il avait passé le reste de la soirée à chercher à se rattraper.

Ce qu'il ne lui avait pas dit c'était que Garance lui avait prescrit Boris Vian dans sa dernière ordonnance littéraire. Le nénuphar serait lié, à tout jamais, à celle qui l'avait abandonné à sa solitude dans sa chambre de bonne, celle qui l'avait renvoyé à son insignifiance.

Pourtant, là, dans cette ruelle détrempée, pour la première fois, il n'en voulait plus à Garance. Il admettait même qu'elle ait pu avoir raison. Comme avec Brune, il s'était travesti pour lui plaire. Il n'avait été qu'un imposteur. Chaque matin, il se réveillait avec la peur qu'elle ne l'aimait plus, qu'elle l'ait démasqué. Sa lettre de rupture ne l'avait que conforté dans son angoisse.

Ce que Garance n'avait jamais su, c'était qu'avant leur rencontre, il lisait beaucoup. Il avait englouti les trois volumes du *Seigneur des anneaux* et du *Hobbit*. J.R.R. Tolkien n'avait pas de secret pour lui.

Dans sa chambre exiguë, en pleine lecture de ces frasques héroïques, il n'était plus Max, ce jeune étudiant épuisé qui se gavait de formules mathématiques. Il était aussi humble que Frodon, aussi fidèle que Sam, aussi courageux qu'Aragorn, aussi sage que Gandalf. Tous étaient ses compagnons de voyage. Il les suivait sur la route du Mordor. Il fuyait Gollum. Il protégeait l'anneau.

« Pas assez sérieux », « trop enfantin », avait-il entendu sans que cela ne lui soit destiné. Il s'était convaincu que plus l'imaginaire était convoqué, plus il gâchait son temps. J.R.R. Tolkien n'avait jamais été au programme de ses concours, même en culture générale. Ses parents ne s'étaient pas privés pour qu'il se livre à de telles futilités. Une de ces logiques que Max s'était inventée et dans lesquelles il s'était réfugié.

Peut-être était-ce à la mort de sa mère qu'il avait dit adieu à J.R.R. Tolkien. En quittant son monde sans prévenir, elle lui avait aussi fait quitter le monde de l'enfance et ses chimères.

Pour elle, pour tout ce temps qu'elle avait consacré à superviser ses devoirs, à se rendre aux réunions parents-professeurs, à convaincre son père de l'utilité des « grandes écoles », il se devait de réussir ses études, sa carrière.

La pluie se transforma en une bruine tiède, agréable. Un rayon de soleil au bout de la ruelle illuminait celle qui était redevenue son guide, Mme Schmidt.

— J'ai découvert mon genre, dit-il.

— Je sais, sourit Mme Schmidt. Tu vois ce double arc-en-ciel ?

— Magnifique ! On voit les deux extrémités !

— C'est le signe que tu as trouvé.

L'instant d'après, ils se retrouvèrent dans une bibliothèque à l'architecture gothique propre aux universités britanniques.

Ces changements de lieu ne le dérangeaient plus. Il s'y habituait comme d'une nuit agitée où son inconscient se jouerait de lui. Il ne se débattait plus. Il surfait désormais sur cette vague nostalgique avec un certain plaisir.

Il connaissait cet endroit. Mais où était-il ?

40

— Je sais ! La bibliothèque bodléienne à l'université d'Oxford ! C'est là que Tolkien a enseigné le vieil anglais. Je suis allé la visiter, en secret, lors d'un déplacement professionnel.

Max s'était rendu à Oxford pour un colloque. Dans l'avion, il était tombé sur un article consacré à la célèbre université. Il avait alors réalisé qu'il se rendait sur les terres de J.R.R. Tolkien.

Il s'était échappé d'une conférence pompeuse, prétextant une migraine. Max avait été jusqu'à suivre un *Tolkien Tour*. Il en avait manqué le début. Mais pas le principal : la bibliothèque.

Max comprenait que quelque chose était en train de se passer. Cet endroit avait tant d'importance dans sa propre mythologie qu'il ne pouvait y être de passage comme dans les autres décors et époques qu'il avait traversés.

Max y était de retour pour finir son périple d'indécis. Il le sentait dans sa chair.

Il sourit en remarquant son costume en tweed typique des gentlemen-farmers anglais.

Incrédule, fasciné par ces rayonnages, il tournait sur lui-même. Il humait l'odeur de cuir, de bois et de cire qui s'échappait.

— Ils ont filmé des scènes d'*Harry Potter* ici, s'exalta Max.

— Le lieu s'y prête..., répondit Mme Schmidt, debout devant lui, dans une robe longue rouge en velours, au col serré.

— Vous ne pouvez pas imaginer combien ce lieu m'a marqué. Ils ont une copie de toutes les œuvres qui ont été publiées au Royaume-Uni. Il y a un nombre pharaonique d'ouvrages sur le Moyen Âge et sur les langues germaniques. On dit que cette bibliothèque a joué un rôle primordial dans la construction de l'œuvre de Tolkien.

— C'est un endroit très...

Mme Schmidt cherchait ses mots.

— Très littéraire. Tolkien, c'est une lecture exigeante.

— C'est plus qu'un auteur, s'enorgueillit Max. Il a inventé des langues et des mythologies.

— Tous les auteurs sont des inventeurs. Mais lui mérite ce titre encore plus que d'autres. Je suis bien d'accord, mon cher Max.

— Ses parents sont morts quand il était jeune. Son père puis sa mère. Il a obtenu une bourse pour intégrer Oxford. Il a créé sa propre légende.

— Un peu comme toi…

Max ne répondit pas directement.

— Plus jeune, j'avais honte de lire des textes fantastiques. Je n'avais pas compris tout le travail linguistique derrière… Vous ne pouvez pas imaginer le nombre d'heures que lui et moi avons passé ensemble… J'avais oublié à quel point j'aimais son œuvre… à cause de moi, de Garance.

— Ta petite amie ne s'appelle pas Julie ?

— Si, mais Garance, c'était avant. En résumé, elle m'a rejeté et pour me venger d'elle, j'ai rejeté la littérature. Je ne voyais pas que c'était moi que je rejetais. Moi et mon plaisir.

Il s'était exprimé de manière frénétique comme s'il allait disparaître sans crier gare.

Il attrapait un ouvrage, l'ouvrait, le refermait, et en reprenait un autre.

Mme Schmidt n'avait pas le temps de commenter les propos de Max.

— C'est vous qui avez raison. Vous, Odile, Théo, Jeff. J'ai tout mélangé. Dans ma famille, on regardait plus la télévision qu'on ne lisait. Lire, c'était une pratique d'intellectuels. Déjà que je faisais des études… Je devais faire attention en plus à ne pas devenir un « sale petit con de parigot », comme disait mon père.

Et il y a eu Brune, Garance, vous et même Julie. Des femmes belles, intelligentes, qui en savaient plus que moi sur la littérature. Pour éviter de me ridiculiser, je me suis enfermé dans mon rôle de cadre supérieur, obnubilé par mon travail, incompatible avec la lecture.

— Selon toi…

— Oui, selon moi. Une croyance stupide. Il fallait que je meure pour m'en rendre compte !

— Il faut bien qu'il y ait des avantages.

— Mon plus grand plaisir littéraire, vous l'avez compris, je l'ai connu grâce à Tolkien, dit Max.

Son débit était rapide, exalté. Mais son ton authentique révélait une réelle confiance en lui. Il en avait fini avec l'apathie qui l'avait caractérisé à son arrivée, ce ton de petit garçon pris en faute.

— Le père de la *Fantasy* moderne…, plaisanta Mme Schmidt. Un bel antihéros, ce Frodon.

— Qu'est-ce que vous voulez dire par antihéros ?

— Que c'est un personnage *a priori* ordinaire vivant une vie ordinaire dans un cadre ordinaire… Rien ne le prédestinait à devenir le héros de l'histoire, sauf les circonstances…

— Sauf sa propre mort…

Mme Schmidt posa un regard compatissant sur Max.

— Tolkien, c'est l'imagination à l'état brut, dit-elle comme pour le conforter.

— Et l'esprit de communauté, la quête qui a un sens, renchérit-il.

— C'est drôle, Max...

— Qu'est-ce qui est drôle ?

— La *Fantasy,* c'est la quintessence de ce que la littérature peut seule offrir à ses lecteurs : une autre réalité qui ne prend forme que dans leur esprit.

— Un peu comme ici ?

— En effet... L'auteur n'est qu'un guide. Il propose des univers à ses lecteurs qui se les approprient. L'auteur dessine un plan et chaque lecteur construit son monde. Il en devient aussi le héros. Le lecteur est le seul créateur, finalement. En cela, il y a autant de lectures d'une œuvre qu'il y a de lecteurs.

Et elle lui adressa un regard empli de reconnaissance, de fierté.

— Madame Schmidt ? dit Max.

— Oui, Max.

— Je vais bientôt partir, c'est cela ?

— Oui... Sauf si tu veux devenir guide à ma place.

41

— Vous rigolez ? Moi, guide ? Vous m'avez vu ? Vous parlez au type qui a pleuré comme une fontaine !

— Cette humilité qui te caractérise… C'est ce qui fait de toi un être à part, Max.

— Ce n'est pas de la fausse modestie. Je suis lucide.

— Tu es exigeant. Avec toi, avec les autres… Ce chemin que tu as fait et sur lequel je t'ai accompagné, c'est ce qu'il faut avoir traversé pour devenir un bon guide. Il faut comprendre la douleur de l'autre, entrer en résonance pour le suivre. Et pour ce faire, il faut l'avoir soi-même expérimenté.

— Mais je n'y connais rien en littérature !

— C'est secondaire. Ici, tu auras tout le temps de lire. Crois-moi !

Pendant cette journée, Max avait rêvé de devenir guide. Un bon moyen de se souvenir de tout, d'éviter de choisir. Mais là, entouré de tous ces livres, il se prenait à rêver de faire corps avec eux. Il pourrait devenir le roi des elfes ; Legolas dans la trilogie avait perdu trop de pouvoirs, à son goût. Les images de géants, de nains, de guerriers barbus, de femmes ailées se bousculaient dans son esprit. Ils prendraient les traits de Julie, de sa mère, de son père et même de son frère.

— Je ne sais pas…, poursuivit-il. Vous allez où, vous ?

— Je peux te le dire maintenant. J'ai choisi… le thriller psychologique !

— Vous voulez dire des enquêtes policières ? demanda Max dubitatif.

— Pas forcément.

Max fronça les sourcils. Il ne percevait pas le lien entre thriller et psychologie. Pour lui, ces termes étaient d'ailleurs antinomiques. Elle le remarqua.

— Dans le « thriller psychologique », la tension est créée par des ressorts psychologiques, comme des manipulations, des harcèlements qui reposent sur les traumatismes des personnages. *Rebecca* de Daphné du Maurier, tu connais ?

— Ce n'est pas un film d'Hitchcock ?

— En effet. Il s'est inspiré du roman de Daphné du Maurier, répondit-elle, légèrement agacée. Dans cette histoire, il s'agit d'une jeune femme qui rencontre un quadragénaire, veuf depuis peu, sur la Riviera. Il l'épouse et la conduit dans son manoir, Manderley. La jeune épouse est obsédée par la première femme de son mari, Rebecca. La défunte hante tous les esprits et survit grâce à la dévotion de son ancienne gouvernante.

— Je m'en souviens très bien. C'est très angoissant.

— Pourtant, il n'y a pas de monstre, ni de meurtrier en série. Toute la tension repose sur les ressorts inconscients des personnages. J'adore !

Elle avait dit cela en levant les mains au ciel, radieuse. Ses yeux pétillaient.

— C'est un genre qui plaît bien, je crois, dit Max.
— Oui, qui plaît trop. Enfin, c'est ce que je me disais. J'adore le suspens, les enquêtes, encore plus lorsqu'elles impliquent la complexité de l'âme humaine. Je n'ai jamais osé me l'avouer. Je pensais que je me devais d'opter pour un genre sophistiqué. Dans mon métier, enfin dans mon ancien métier, lire des polars, psychologiques ou non, c'était mal vu. Un plaisir coupable.
— Comme un chef étoilé qui se délecterait d'un hamburger, l'interrompit Max.

Elle rit en cachant sa bouche avec sa main, comme les jeunes femmes bien élevées du début du siècle.

— Je me suis rendu compte, grâce à toi, Max, que ce que j'appréciais en étant guide, c'était d'aider les indécis dans leur quête. À chaque nouvel arrivant, il y a cette tension : vais-je réussir à le guider ? Va-t-il réussir à choisir ? C'est cette curiosité qui me motive. Maintenant, je suis prête à en faire bénéficier un auteur.
— Votre penchant coupable s'est envolé ?
— Ce temps passé à tes côtés, cette rencontre avec Odile... Je me sens libérée de mon rôle, celui d'être à la hauteur de mes connaissances.

Mme Schmidt fixait le vitrail en face d'elle, celui d'où un chevalier s'élançait à dos de dragon.

— Madame Schmidt ?
— Appelle-moi Mireille, Max.
— Mireille... Je crois que je préfère partir en *Fantasy* plutôt que de devenir guide.

Elle le regarda avec curiosité. Elle ne s'attendait visiblement pas à une telle réponse, même après les révélations de Max. De mémoire de guide, tous les indécis à qui l'on proposait de devenir guide avaient accepté. Max était le premier à décliner l'offre.

Mme Schmidt se demandait si c'était la preuve qu'elle avait réussi ou échoué dans sa mission. L'avenir ne lui dirait pas. Elle oublierait bientôt cette expérience de guide. Et Max, celle d'indécis. Enfin c'est ce qu'ils se disaient entre guides. Car personne n'était jamais revenu du pays romanesque pour en parler.

En revanche, certains auteurs semblaient étrangement inspirés comme ce Luigi Pirandello et sa pièce *Six Personnages en quête d'auteur*.

Max chercha du regard Mme Schmidt.

— Je me sentirai plus utile auprès d'un auteur. Vous m'en voulez ?
— Pas du tout. C'est ton choix. Puis-je te demander pourquoi ?

Max leva les yeux au ciel, puis regarda Mme Schmidt droit dans les yeux.

— En devenant guide, peut-être pourrais-je guider un nouvel arrivant. Mais la littérature me permettra de guider des centaines, des milliers de personnes. J'inspirerai peut-être une odyssée qui aidera ses lecteurs à oser, à prendre des risques, à changer, à ne pas se résigner. Ces lecteurs s'épargneront peut-être les souffrances que j'ai vécues. Ils comprendront avant leur mort qu'ils sont seuls maîtres de leur destin, qu'ils ne doivent pas avoir peur de décider.

Mme Schmidt s'approcha de lui.

— Tu as tout compris, Max. Et bien plus vite que moi.

Elle l'embrassa sur la joue. Comme une mère. Comme une amie.

Et elle disparut.

Un rayon de soleil traversa le vitrail sur lequel un chevalier chevauchait un dragon. Les ailes de la bête se mirent à battre lentement, puis de plus en plus en vite.

Max s'avança.

Le chevalier s'évapora et le dragon jeta un regard vers Max, tout en se baissant comme pour le laisser le chevaucher.

Max tendit le bras pour caresser la tête écaillée de la bête.

Le vitrail se désagrégea en une poussière multicolore. Il laissa place à des montagnes, des prairies, des dragons qui traversaient le ciel. Ils étaient suivis par des créatures mi-hommes, mi-aigles. Une odeur de feu de cheminée et de chèvres lui caressa les narines.

Max était là où il devait être.

Remerciements

À Emmanuel pour son soutien indéfectible.

À Anna pour sa bénévolence et sa disponibilité.

À Marie-France W. et Marie-Odile M. pour m'avoir guidée, chacune à leur manière.

À Jean-Philippe, Constance et Marie pour leurs conseils d'expert.

À Virginie et aux éditions de l'Archipel pour avoir cru en ce récit qui n'entrait dans aucun genre.

Et à tous les auteurs dont les œuvres se sont invitées dans ce roman...

COLLECTION
« INSTANTS SUSPENDUS »

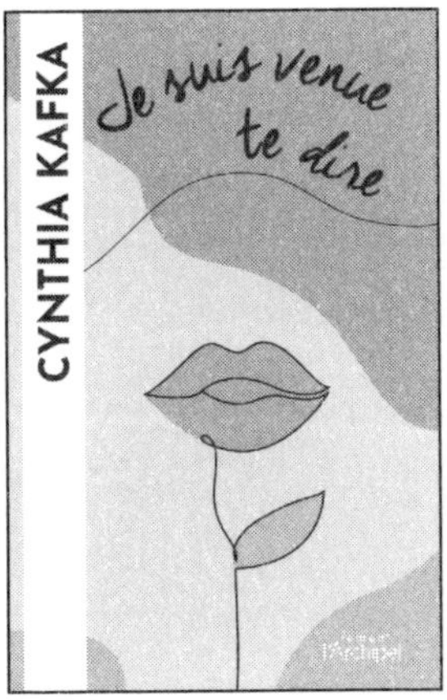

Si la vie te donne des citrons,
fais-en une tarte meringuée
Charlotte Léman

Dans la vie, Clémence a tout pour être heureuse : un mari qui réussit, un adorable fils de dix-sept ans et un travail d'assistante dont elle connaît tous les rouages. Un si bel équilibre vaut bien quelques concessions, alors avec le temps, elle a appris à arrondir les angles.
Son petit monde s'effondre le jour où son mari la quitte pour une femme plus jeune. Cerise sur le clafoutis, il lui annonce qu'il reste dans leur appartement tant que celui-ci ne sera pas vendu !
Clémence va devoir choisir : désespérer ou reprendre sa vie en main. Cette épreuve pourrait bien devenir l'occasion d'une revanche...

Après avoir sillonné le monde, Charlotte Léman s'est installée en Suisse alémanique. Depuis 2017, elle s'inspire de ses aventures pour écrire des romans à mi-chemin entre feel-good *et comédie.*

Un roman acidulé, qui croque notre époque avec humour

304 p. / ISBN 978-2-8098-4181-7 / 18 €

Quand les hasards sont des rendez-vous
Magali Discours

Dans le bar de Jocelyne, les habitués sont comme une famille. Il y a l'ancien : Papé, quatre-vingt-cinq ans, un sans-abri. Et les jeunes : Lisa, encore étudiante, et ses amis, avec lesquels elle a formé une troupe de théâtre amateur.
Un soir d'été, Papé quitte ce monde.
Ses petits-enfants de cœur deviennent les gardiens d'un étrange héritage : ses valises pleines de souvenirs et de secrets. Ils découvrent que même les vies les plus humbles recèlent des trésors !
Ils décident alors de faire de l'histoire de Papé un spectacle de rue. L'aventure qui les mène sur les routes de France leur réservera bien des surprises…

Née en 1971 à Bastia, Magali Discours a grandi dans le Var et à Nice. Désormais installée en Bourgogne Franche-Comté, elle enseigne l'italien dans un lycée de Beaune.

Un roman qui révèle le pouvoir salvateur des souvenirs

240 p. /ISBN : 978-2-8098-4185-5 / 17 €

Pas d'ombres sans lumière
Dorothée Catoune

Adèle et Lisa évoluent ensemble depuis l'enfance. Elles sont comme nombre d'entre nous : en quête d'un modèle social idéalisé et, par là même, toujours inaccessible.
Comment se hisser dans la société quand on part de rien ? Quels sont les cadres des relations ? De quoi sommes-nous capables pour obtenir un peu de reconnaissance ? Quels sacrifices amènent à une plus grande part de bonheur ?
L'épopée de Lisa et Adèle nous invite à traverser ces questions qui font l'essence de notre vie. Y trouveront-elles les bonnes réponses ?

Dorothée Catoune est docteur ès lettres. Elle enseigne la communication et la littérature moderne à l'université dans le Nord de la France.

À la recherche du sens de nos vies

368 p. / ISBN : 978-2-8098-4223-4 / 18 €

Je suis venue te dire
Cynthia Kafka

Rose a vingt-huit ans, l'âge où nous avons trouvé notre voie d'adulte. Pour elle, ce n'est pourtant pas le cas. Sa vie est un édifice sans caractère ni éclat. Elle ne sait pas comment allumer l'étincelle qui la fera briller, mais elle connaît la cause de ce désastre : son géniteur.
Après dix ans d'absence, elle retourne dans sa ville natale à la rencontre de ce père tant haï pour enfin régler ses comptes et retrouver l'espoir de se construire. Mais la situation lui échappe lorsqu'elle le découvre en soins palliatifs, dans l'incapacité de répondre à ses questions, ne pouvant que l'écouter.
Entre ses croyances d'enfant et ses rancœurs d'adulte, Rose part à la découverte de cet autre pour s'accepter. Mais comment trouver la force du pardon quand on s'est construite dans la colère ?

Cynthia Kafka est une ancienne professeure des écoles devenue blogueuse par envie, rédactrice de guides de développement personnel par hasard et autrice par passion.

Les derniers mots doivent être faits d'amour

304 p. / ISBN : 978-2-8098-4188-6 / 18 €

Comment les pingouins ont sauvé Véronica
Hazel Prior

Au crépuscule de sa vie, Veronica McCreedy, quatre-vingt-quatre ans, se replonge dans son existence pour chercher ses héritiers. Elle retrouve la trace de Patrick, un petit-fils de vingt ans abandonné par son père et orphelin depuis l'âge de six ans, après le suicide de sa mère. Mais le jeune homme ne plaît pas à cette grand-mère acariâtre.
À la suite de cette rencontre désastreuse, Veronica décide de léguer ses biens aux pingouins et obtient d'accompagner une mission scientifique en Antarctique pour observer ses petits protégés.
Mais Veronica tombe malade lors de ce voyage et Patrick, sa seule famille, est appelé à son chevet. Comme deux animaux sauvages, ils vont apprendre à s'apprivoiser au milieu des icebergs…

Hazel Prior vit à Exmoor, dans le Sud-Ouest de l'Angleterre. Elle est harpiste et partage son temps entre l'enseignement de l'anglais langue étrangère et le théâtre. Elle a remporté neuf prix dans des concours nationaux d'écriture.

Le cœur ne gèle jamais, même au milieu des icebergs

480 p. / ISBN 978-2-8098-4220-3 / 19 €

Cet ouvrage a été composé
par Atlant'Communication
au Bernard (Vendée)

Impression réalisée par

NORMANDIE ROTO IMPRESSION S.A.S.
à Lonrai (Orne)

en juillet 2021
pour le compte des Éditions de l'Archipel
département éditorial
de la S.A.S. Écriture-Communication

Imprimé en France
N° d'impression : 2103366
Dépôt légal : août 2021